ヤバい……
これもう明日立てないよ……

デッッッッかすぎる幼馴染と一緒にトレーニング
ちょっと手、
貸して……！

デッッッッかすぎる幼馴染と二人でプール
貸し切りプール、最高！
だ～れも見てないと思うと、
なんでもできちゃうよね！
なにしようか？

ore no osananajimi ga
dekkkkkaku
narisugita no mokuji

俺の幼馴染がデッッッッかくなりすぎた
ore no osananajimi ga
dekkkkkaku
narisugita
折口良乃
illustration ろうか

プロローグ・デッツッツかすぎる幼馴染

ore no osananajimi ga dekkkkkaku narisugita

俺はこの春、地元から少し離れた高校に入学した。

たまたま今年は、同じ中学から受験した生徒もいなかった。

中学からの知り合いがいないのだから、当然、入学式は孤独になる。

話す相手がいないというのはやはり寂しいもので、入学式が終わってから、俺はぼんやりと満開の桜を見上げていた。

「うそ～！　アンタもこの高校だったの⁉　すごい偶然～！」

「えっ……りょーちゃん？　本当に？　会えると思ってなかった～！」

ふと横から、女子同士の会話が聞こえてきた。

察するに、高校で再会した幼馴染(おさななじみ)というところだろうか。

昔は仲の良かった幼馴染(おさななじみ)。進学をきっかけに疎遠になっていたが、ふとしたタイミングで——たとえば高校で再会する——まあ、有り得る話だろう。

（幼馴染(おさななじみ)、か……）

女子たちが、懐かしい話に花を咲かせているせいで、俺も思い出す。

幼稚園から、よく一緒に行動する女子がいた。

小学校は違ったが、スイミングスクールで知り合って、小学校低学年くらいまで二人でよく泳いでいたのだ。

夏休みは毎日のように、市民プールや小学校のプールに行って泳いだりしていた。

あのころは性別など気にしなかったが、ふと、相手が女性的になっていくことに気づいたり、同級生の男子に噂を広められたりして——それから気まずくなって、いつしか会わなくなっていった。

（アイツ、どうしてるかな——）

一時は毎日のように会っていたせいだろうか。今でも、アイツの名前も顔も思い出せる。

アイツはよく俺のことを——。

「トウジ！」

そうそう、こんなふうに呼んでいた。

「……えっ？」

「トウジ！　やっぱりトウジじゃん！　久しぶり〜っ！　何年ぶりかな〜！」

振り返らなくても、声ですぐにわかった。

あのころ、毎日のように一緒に泳いでいた幼馴染。もちろん名前もよく覚えている。

「りりさ？」

俺は振り向く。そこに飛び込んできたのは、見覚えのある顔ではなく――。

胸だった。

「あははっ！　トウジ～っ！　すごくおっきくなったね！　でも、顔つきは全然変わってないから、すぐにわかったよ」

「あ、ああ……」

幼馴染(おさななじみ)――美濃(みの)りりさは、背伸びをしながら手を伸ばして、自分と俺の身長を比較する。

だが、はっきり言ってこちらはそれどころではない。

幼馴染(おさななじみ)の明るい笑顔は、多少、大人っぽくなっているものの、記憶にある笑顔と同じだ。

変わったのは、とにかく胸である。

巨大な質量が、新調したばかりの制服をはちきれんばかりに押し上げている。耳をすませたら生地の悲鳴が聞こえてきそうだ。春先だから厚手のブレザーなのに、はっきりとわかる膨らみにどうしても目が行く。

グラビアでも見たことないような巨乳ぶりがはっきりとわかる。

胸がデカすぎる上に身長差があるので、りりさの足元が全く見えない。必然、俺の目線はりりさの顔か胸に行くことに――。

「？　ちょっとぉ、トウジ？　なにボーっとしてんの？」

「あっ、ああ、すまん……いや、その、まさか再会するなんて思ってなくて」

「あはは、私も～っ！　トウジがここ受けてたなんて知らなかったよ！」

実を言うと。

入学式の時、近くの男子が小声で噂をするのは聞こえていた。『すごい胸のデカい女子がいる』とかなんとか。

その時は興味を抱かなかったが――いや、まさか自分の幼馴染だなんて思わないだろ⁉

「りりさは――」

同い年の女子を、下の名前で呼ぶのに一瞬ためらう。

しかし、りりさのことはずっと下の名前で呼んでいたし、なにより向こうも以前と変わらない呼び方をしてくれた。

それが嬉しかったので、俺も呼び方は変えないと決めた。

「りりさは……その、なんていうか、随分変わったな？」

どこが、と具体的には言わなかった。胸が変わったななんて言えるか！

だがりりさのほうも、すぐに察したらしい。

「そーなの！　ヤバくないこのサイズ？　ありえないでしょ！」

「お前、はっきり言わなかったのに……」

俺は顔を手で覆う。恥じらいもなにもない会話である。

「だってトウジ、ずっと胸見てんじゃん。スケベ～！」

「そりゃあ、見るだろ。ていうか嫌でも目に入るんだよ。そんなにデカかったら……」

「あははっ！　いーよいーよっ、慣れたからさ。このサイズじゃ、街を歩いたらみんなに見られるし。もうしょうがないよね～！」

　慣れる――ものなのか？

　快活に笑うりりさの表情には、過去の面影が確かにあった。

　しかしだからこそ、どことなく無理して笑っているのも、俺は察してしまう。

　水泳をやっていたころの、りりさのフォームをよく覚えている。小学生なのに背筋がぴんと伸びていて、まったくブレのないクロールが印象的だった。

　今はやや猫背だ。胸が重すぎて、肉体の重心が前に寄りすぎている気がする。

（姿勢が……ちょっとおかしいな）

「ほっ」

　あ、意識して背筋を伸ばした。

　だが、今度は後ろにそり過ぎだ。肩、首、背中にかかる重量は相当なものだろう。これ、ダンベルを常に胸に抱えているようなもんじゃないのか。

　俺は十年近く水泳を続け、今は筋トレなどもやっている。だから、りりさの体の使い方が不自然なのがわかってしまった。

この幼馴染(おさななじみ)——日常生活、大丈夫か？

「もう、この際だから聞くぞ……その大きさ、困らないのか？」

「めっちゃ困るよ！」

よくぞ聞いてくれましたとばかりに、ずい、とりりさが身を乗り出す。

昔のまんまだ。りりさは話が弾むと、顔をこちらに近づけるクセがある。

だが、成長した今、それをされると——顔よりも胸が押し出されて、バストがぶるんと弾むのだ。視界のほとんどが胸で埋まる。

どんな顔すりゃいいんだ。

「だって聞いてよ……こないだ測ったらSカップだったんだよ!?」

「——えす」

デッッッかすぎるだろ。

聞いたことないわ、そんなサイズ。

俺はますます、どんな顔をすればいいのかわからずに天を仰いだ。

「だから色々と困っててさぁ……ちょっと？　トウジ？　聞いてるトウジ？　お〜い、トウジってばぁ〜っ！」

これが、一部分だけデカくなりすぎた幼馴染(おさななじみ)との再会なのだった。

俺はすぐに知ることになる。アンバランスな成長が、りりさ自身にどんな影響を与えているか、ということを――。

そして。

そんなりりさを放っておけない、自分の中の変わらない感情を。

――いや、あくまで幼馴染として、なのだが。

1. 幼馴染のボディガード

ore no osananajimi ga dekkkkkaku narisugita

入学式のあと、幼馴染と再会した俺——手代木トウジは。

幼馴染の変わりぶりに、心底驚愕していた。なにしろ幼馴染の美濃りりさは、グラビアアイドルなんて目じゃないくらいの巨乳に成長していたからだ。

あからさまに見るのはよくないと思いつつ、りりさを見れば絶対に視界に入れざるを得ない、圧倒的な存在感。

こんな状況で、りりさとなにを話せばいいのかわからず、適当に話題を濁して別れた——のだが。

(同じクラスかよ——)

新学期が始まったばかりの教室で、俺は頭を抱えた。

美濃りりさは、明るい態度で早速、クラスの話題の中心になっていた。周囲は女子が取り囲んでいる。

「おい男子、見るなよ!」

りりさの周りの女子がそう叫び、思わずビクリとした。

俺に言ったわけではないらしい。ただ、クラスの男子たちの気持ちもわかる。

どうしても彼女のことを目で追ってしまうのは、男の本能というものだろう。

「りりさの胸は私たちのだから！」「そうそう、男子は見るな！」

「み、みんな、恥ずかしいからぁ……！」

女子の一人がりりさを守るように抱きつき、そのデカすぎる胸に触る。

——女子同士でもセクハラって成立するんじゃないのか？　いくら友人だからってそんな無遠慮に触れていいのか？　などと理不尽な感情が湧いてくる。

「ど、どうだった？」

「でっかすぎ。胸っていうか、もう山？　自分が何触ってんのかわかんなくなる！」

「はあ～私も拝んでおこ。ご利益あるかもしれないし」

「神様だ神様」

女子たちに拝まれて、りりさはますます困惑している。

一瞬、輪の中心のりりさと目が合った。助けを求めるような表情の気もして——しかし、男は見るなと釘を刺されたばかりなので。思わず目をそらしてしまった。

幼馴染とはいえ、再会したばかり。関係性はリセットされてるはずだし、俺なんかに助けを求めるわけもないだろう。

「も〜！　みんなやめてよ〜！」

クラスに、りりさの困った声が響いていく。

美濃りりさ。

昔は、男勝りな性格だった。その辺の空き地で虫をとってきたり、雨上がりの砂場で二人で泥まみれになって、りりさのお母さんに叱られたこともある。

今もそれは変わっていないように見えた。セミショートの茶髪だったり、制服の袖をまくっている様子からも、活動的な性格はそのままだと思える。あと、スカートで机の上に座って足を組むのが、女らしさを気にしていない感じだ。

『私も男に生まれたかった！　トウジみたいに！』

過去にりりさがそんなことを言ったのを思い出す。

家族の誰かに『女らしくしなさい』と言われて、反発したんだったか。あのころからなんとなく、りりさからは男への憧れみたいなものを感じていた。

（……今は、どうなんだ）

短めの髪や、快活な仕草。ボーイッシュな部分はあまり変わっていないように見えるが――。

それを差し引いても、デカすぎる胸が、否応なしに性別を主張している。

本人申告によればSカップのバスト。

この存在感だ。いくら見るなと言われても、クラスの男たちだって自然と彼女を目で追ってしまうだろう。

良く悪くも、今のりりさは注目の的である。りりさだって、自分の胸を追う視線には気づいているだろう。

（いやいや、いつまでりりさのこと考えてんだ、俺は）

確かに、昔は仲のよかった幼馴染ではあるが。

今はもう、お互いに成長した。りりさはクラスメイトの一人でしかない。特別、話しかけたり気にかけたりするような仲じゃないのだ。

「授業始めるぞー」

先生が教室に入ってきて、クラスメイトたちも席に着く。

「よっ、と」

俺の席から、右斜め前に座るりりさも、席に着いた。ふにゅん、とそのデカすぎる胸が机に乗せられる。

（胸を乗せるな、胸をっ！）

俺は頭を抱えたくなる。

机に乗せられたら、ただでさえデカい胸がさらに強調されてしまうだろうが。これで見るななんて不可能だ。

（ええい、やめろ、授業授業。集中しないと――）

高校生になって、りりさの胸ばかり見てて成績が落ちたとなれば、笑い話にもならないだろう。

筆記具を持って、頭を切り替えようとしたその瞬間。

ばきぃ、と異様な音がなった。

「………はっ？」

慌てて音がなったほうを見る。りりさの机である。

「美濃、どうした？」

先生が尋ねる。りりさは肩を震わせながら立ち上がって。

「あ、あの……先生、すみません。机の脚が、折れちゃった？　みたいで……」

「………」

教室に沈黙が下りる。

りりさの机は、確かに四本ある脚が一本、中心からばきりと折れていた。りりさが机にいれていた教科書や筆記具が散乱する。

「あ、あー……そうか。まあ、古い机だからな……」

先生のフォローがキツい。

たしかに学校の机なんて、古くて脚も錆びているが、だからといってそう簡単に折れるか。

普段からりりさが上に座ったり、そのデカい胸を乗せているからだろう。

（あのバカ……）

胸が重すぎるから、机に乗せてラクをしようとしていたのが容易にわかる。

生徒も教師もはっきりとは言わないが、りりさの胸が原因であるのはみんなわかっていた。

りりさも顔を赤くして俯いている。

「誰か、男子——ああ、手代木」

「あ、はい」

「すまんが壊れた机を倉庫に……あと、使ってない机を運んできてやれ」

「わかりました」

突然のご指名に素直にうなずく。

俺は身長１８０センチで、クラスの中でも大柄。自分で言うのもなんだが、そこそこ筋肉がある。中学のころから、力仕事を手伝わされるのは日常だった。

りりさと一緒に散乱した教科書を片付ける。

不本意な形で、クラスの注目を集めてしまったりりさの顔は暗かった。恥ずかしいやら申し訳ないやら、いろんな感情がない交ぜになっている。

「ごめんね、トウジ」

ぼそりと、りりさが俺にしか聞こえないような声でささやいた。

「……お前のせいじゃない」

俺はなんと返せばいいかわからず、ぶっきらぼうにそう返事をするしかなかった。

(胸がデカすぎるせい——いや、でも、それはりりさのせいってことか?)

胸だって、りりさの一部なのだから。

(でも……謝るのはなんか、違うだろ)

胸のせいで俺に謝るりりさを見て、もやもやした気持ちがあった。

なりたくて巨乳になったわけでもないのに、りりさ自身が謝ったり、恥ずかしい思いをすることが、理不尽に感じたのかもしれない。

だけどまあ。

(それをちゃんと伝えたら——セクハラだよなぁ)

男からりりさの胸の話を振れるわけもなく。

そんなことを言ってしまえば、嫌な思いをするのはりりさのほうだろう。

結局俺は、それから黙々と、倉庫から新しい机を持ってくるしかなかった。

新しい机を運んで来たら、何事もなかったように、授業は再開される。

——授業中、りりさはずっと俯(うつむ)いていて、表情はわからなかった。

学校というものは、事件があるとすぐに噂(うわさ)が回る。

新入生の女子が、巨乳すぎて机を破壊したとか——そんな噂(うわさ)が出回っていた。

ただでさえ、りりさは胸のせいで目立っているのだから、噂にさまざまな尾ひれがつくのは当然の流れだった。

すでに上級生の間でも噂になっているらしい。

「おはよっ、トウジ」

登校中、背中を叩かれた。振り返れば、りりさがいる。

どうしても胸に目が――いや、やめろ。

「お、おう……おはよう」

どこを見てるか悟られないようにしつつ、俺は挨拶を返した。

「トウジ、この時間なんだね！　もしかして同じ電車乗ってた？」

「そうかもな。まあ、今日はたまたま。少し早く出てきたんだが」

「そっかぁ。だから今まで会わなかったんだ」

「普段はもう少し寝てるからな」

「あはは、お寝坊さんだ！」

りりさとなにげない会話を繰り返す。

「考えてみれば、トウジと乗る駅も、降りる駅も一緒なんだよね」

「そりゃ――家は変わってないしな。お前の家も、子どもの時と同じだろ」

「ご近所さんのまんまってことだね。高校で再会するまで、今まで会わなかったのが不思議なくらい！」

なにげない会話。

どんなに噂になっていても、りりさがそれを気にした風はない。

なのにどこか、彼女の笑顔が痛々しいと思うのは、俺の勘違いなのだろうか。

「トウジさー、ホントにおっきくなったよね」

おっきくなったのはお前もだ——という言葉はすんでのところで飲み込んだ。

身長の話だっつの。

「そりゃ、もう高校生だからな」

「なに言ってんの！　クラスでもかなりおっきい方じゃん！」

両親の遺伝子に感謝である。

身長がある上に、筋肉もつきやすい体質だったらしい。

おかげで中学時代、俺は体格に恵まれて、水泳部でもそれなりの成績を残した。今でも趣味は筋トレである。

「もうお前に、水泳じゃ負けないよ」

不敵に笑ってみせると、りりさは不満げに唇をとがらせた。

「むー、私、中学は水泳しなかったから……ブランクあるんだよねぇ」

少し意外だった。

あれだけ水泳が好きなのだから、俺と同じく部活にでも入っているかと思ったのに。

（……ま、趣味嗜好だって変わるよな）

子どものころの習いごとを、いつまでも好きなほうが珍しいだろう。

俺はたまたま、水泳が性にあっていたのだが、りりさはそうではないらしい。

「ま、対決ならいつでも受けてたつぞ」

少し挑発してみる。

てっきり、りりさのことだから『なにをー！』とケンカを買ってくれるかと思ったが――りりさは俺の言葉を聞いてないようだった。

どこか上の空だ。

「りりさ？」

少し気になって、声をかけてみると、りりさははっと振り向き。

「あ、あのさ、トウジ、良かったらなんだけど」

「？」

「お願いが――」

りりさがなにか言いづらそうにしている。

つっこんで聞こうとしたその時――。

「りりさーっ！」

前を歩く女子の一団が振り返って、りりさを呼んだ。

こないだ、集団でりりさの胸を触っていた女子たちである。

「いーまーいーくーっ」

変わったイントネーションで返事をするりりさだった。

「ごめん。呼ばれちゃったから！　また今度ね」

「なんか言いかけなかったか？」

「大したことじゃないから、また今度！」

ちょっと気になったが、りりさは小走りに去っていったので、それ以上聞けなかった。

あまり走らないでほしい、胸が揺れる。

りりさはたたたっと駆け抜けて、前を歩いている女子たちに交じっていくのだった。

「ヘンなやつ」

りりさらしくない、と思いつつ。

俺の知ってるりりさは、十年以上前の姿がメインである。そんな俺が、りりさらしいとからしくないとか言うこと自体、おかしなことだ。

もう、俺の知ってるりりさとは違っている可能性もある。

（――なんで俺は最近、りりさのことばっか考えてんだ？）

幼馴染ではあるが。

もうお互い、成長したのだ。

俺は背が伸びたし筋肉もついた。もう水泳で、りりさに負けていたころの俺じゃないのだ。

りりさだって、あのころのままでありつつ、体は大きく成長して――。

（ああ、もう！　くそ！　俺のバカ野郎！）

気を抜くと、すぐにりりさのこと。特に胸のことを考えてしまう。

そんな自分に嫌気がさしてくる。

りりさは、今でも大事な幼馴染だ。だからこそ性的な視線を向けたくない。

胸がデカいからって、りりさはりりさ。大事な友達だ。

ヘンなことばっか考えるんじゃない。

「ほら、あの女子……」

「あー、机ぶっ壊したって噂の――」

俺が、内心で激しく葛藤をしている横で、上級生らしい男子が二人、りりさを指してなにか話している。

噂が出回るのは本当に早い。

俺がついその上級生たちを睨みつけてしまうと、彼らはひえっと怯えて足早に学校へと向かっていった。

（なにやってんだ、俺は……）

別に怯えさせるつもりはなかったが、体がデカいと無駄に威圧感がある。そのうえ、りりさの話だったので、余計に怒りが増してしまったらしい。

(なんで怒ってるんだ、俺は――)

りりさが噂されたって、俺には関係ない。アイツの問題だ。

関係ないはずなのに、胸につかえたトゲのような感情が、なかなか抜けないのだった。


翌日の朝。

通学中の電車の中で、俺は眠い目をこすっていた。

電車の時間は昨日と同じ。一本早い。

当然だが朝の電車は満員である。

(毎日とはいえ混むな……)

やや強引にでも早起きをしたのは、昨日のりりさのことが気にかかっていたからだ。お願いと言いかけて、結局その先は聞けないまま。

教室では他の女子たちの目もあるので、なかなか話しかけられないが。

朝、一緒に出会った形にすれば、少しくらい話しても違和感はないだろうと判断した。そのため、わざわざ一本早い電車に乗ったのだが。

駅では、りりさの姿を見つけることはできなかった。

（……人が多かったからな）

とりあえず同じ車両に乗ってはいないかと、りりさを捜したら。

（——いたわ）

電車のドア付近に、りりさを見つけた。

車両の中心に来てしまった俺から見ると、やや遠いが、声をかけられない距離でもない。

お互いに電車を降りたら、また昨日のように挨拶をすればいい。

（それにしても、何でアイツ、あんなところに）

デカい胸が、ドアの窓に押しつけられて形を変えている。

出入り口がもっとも混むし、人の出入りも多いから満員電車ではよりつらい場所だろう。俺のように、座席の前で立っていればいいのに——そう思って気づく。

（ああ、胸のせいか……）

この満員電車である。

りりさの意図とは関係なく、胸が周りに当たってしまうだろう。通学カバンなどでガードするにも限界があるサイズだ。

普通の男なら、満員電車内でりりさの近くに行きたくはないだろう。仮にその気がなくとも偶然触ってしまえば、下手をすれば痴漢の冤罪を被りかねない。

（——ん？）

そこまで考えて。

りりさの後ろのサラリーマンが、やたらと近いことに気づいた。

いや、満員電車だからおかしくはないのだが、だとしてもあまりに——ていうか、右手がりりさの胸に伸びているような。

（っ！）

頭に血が上り、叫びそうになった。

（いや、まだだ、まだわからない——）

たまたまそう見えているだけかもしれない。

俺は満員電車の人込みをかきわけて、りりさに近づいていった。ただでさえ上背のある俺が強引に移動することに、周囲の乗客は大層、迷惑そうな顔をした。

「！　す、すみません。ちょっと！」

謝罪しながらも押しとおる。どうか非常事態であるとご理解いただきたい。

（まだ触っているかはわからない。わからないが、触っていたら——）

俺は落ち着けと自分に言い聞かせる。

痴漢じゃないかもしれない——と思いつつ、内心では十中八九、コイツは触っているだろうとの確信があった。

りりさの表情が硬いからだ。あんな表情、机を壊した時以来である。

はたして。

「っ！」

やっとりりさの近くに移動する――りりさが先に俺に気づいて、目を見開いた。

だがそれよりも、俺はサラリーマンが手をまわして、りりさの胸の側面に触れていることを見逃さなかった。

「おいお前」

自分でも驚くくらいドスの利いた声がでた。

サラリーマンの右手をりりさから引きはがし、強引に腕をあげさせる。サラリーマンが泡を食って。

「な、なんだキミは……！」

「なんだじゃねえよ。触ってただろうが。痴漢だろお前」

身長差のある相手に睨みつけられて、サラリーマンが体を震わす。

観念したか？　このまま駅員に突き出せば――と思ったが。

「な、なにか証拠でもあるのか⁉」

「お前――」

この期に及んでとぼけるつもりらしい。

「俺が触ってるの見てんだよ！」

「この子が言ったのか？　触られてたって？　キミの見間違いの可能性もあるだろう？」

「はあ⁉　ふざけんな……」

りりさは俯いている。

周りの乗客も、なにごとかとこちらに注目が集まっている。この状況で、りりさに『触られていた』と証言させるのは酷だろう。

サラリーマンもそれをわかっているから、あえて開き直っているのだ。

事実、りりさは顔を下に向けて俯いたまま。

「と、トウジ、あまり大ごとには――」

「…………っ」

りりさはやはり注目されたくないようだ。

だが、いくらなんでもこのままで良いはずがない。

「とにかく、次の駅で降りろよ」

サラリーマンへ顔を近づけて、ドスの利いた声で話す。

「仕事があるからね、手短にお願いするよ」

「この野郎――っ」

思わず殴ってしまいそうになる感情を押さえつける。

冷静に、冷静に――次の駅で駅員に突き出せばいい。

次の駅に止まるまでの数十秒間、俺はひたすらに痴漢を睨みつけていた。

りりさは俯いているだけで、なんにも言わなかった。

駅の到着はすぐだ。俺は逃げないようにサラリーマンの腕をつかみながら、電車から引きずり出す。

サラリーマンのほうは余裕の顔で、ついてくる。

りりさが駅員に証言すればいいことなのだが、りりさは下を向いて顔を上げない。とぼとぼと俺の後をついてくるだけ。

「それで？　なんの話をするんだね？」

ホームの隅で、サラリーマンが上から目線で聞いてくる。

りりさが痴漢されたとは言えないことを、わかりきっているのだ。痴漢は、被害を言い出せない弱気な女を狙うと聞いたことがある。

早朝のホームは、隅とはいえ通勤通学で混雑していた。サラリーマンはネクタイをゆるめて、手短に済ませたいと態度で語る。

そんなうやむやにしてたまるかよ。

「だから！　お前が触ってたのを見てるんだよ、こっちは！」

「だが、その女の子はなにも言っていないぞ？」

「…………」

りりさはずっと黙ったままだ。

子どものころは、俺とケンカして勝つくらいだったのに――そんな勝気なりりさはどこにもいない。やっぱり、りりさも痴漢は怖いのだろうか。

（当然だよな……誰だって、怖いに決まってる）

こんな卑怯な痴漢を前にして、りりさが黙るしかないのが悔しかった。

「大体だな、こんなデカい胸をして満員電車に乗ったのなら、事故で触ってしまうことくらいあるだろう？」

「――なんだと？」

あまりの言い草に、一度は飲み込んだはずの怒りがまた湧き起こってくる。

「こっちはお前が手を回して、胸を触ってるのを見てるんだよ！」

「見間違いでないとどうして言い切れる？」

「はあ？」

どこまでも腐った言い草だ。

「りりさは……お前に背を向けてただろ！　それでどうやって、事故になるんだ！」

「知らないな。証拠はあるのか？」

「てめぇ……」

今からでも、電車に乗っていた乗客に話を聞くべきだろうか。

駅員を呼んで、乗っていた乗客を探して証言の裏をとって――腹が立つが、痴漢の証明をするのにはそれくらいしなければならないのか。

どうして、りりさがこんな目に遭うんだ？

ただ電車に乗っていただけの被害者なのに、目の前の痴漢に好き放題言われて。

俺が代わりにぶん殴ってやらないと、収まらないのか？

「ああ、わかったぞ。お前たち、組んでるんだな？」

「……あ？」

またもや予想もしなかった言葉。

もはや俺は怒りを通り越して、あきれ果てた。

「あれだろ、痴漢冤罪で脅迫して、金をとろうって魂胆か。はぁ、まったく、最近の高校生はとんでもないこと考えるな」

「………」

「いや、そのデカい胸じゃ、さぞかし触ったことにするのも楽だろう。なにしろ自分から押しつけるだけで、簡単に冤罪を作れるだろうからなぁ」

りりさはずっと喋らない。

こんなことを言われて怒らないはずもないのに。

「なんだ？　睨んだところでどうするんだ？　図星だったのか？　それとも——殴るのか？　いやあ、それは大変だ。駅員を呼ばないとな」

もういい。誰になんと言われようと、俺がコイツをぶん殴る。

そう決意した瞬間、袖を引かれた。

「っ」

りりさが、俺の決意を察知したかのように、『やめろ』と言ってくる。

幼馴染だから、俺の考えが手に取るようにわかったのかもしれない——それとも誰が見ても、殴りそうなほど怒っていたか。

「……そんなに、触りたいですか？」

「は？」

りりさが、顔を上げないまま、そう告げる。

奇しくも、俺も痴漢も、りりさの言っている意味がわからず、間抜けな顔になった。

「いいですよ、触らせてあげても」

「おまっ——なに言って……っ！」

聞き間違いかと思って、俺はりりさを見る。

ずっと俯いていたりりさは、顔を上げて痴漢を睨みつけていた。

その目には、確固たる決意が宿っていた。こんな奴に負けない、負けたくないという。

俺は意味がわからず、ただりりさを見つめるしかできない。

「な……や、やっぱり美人局じゃないか！」

やりとりだけ聞けば、そうとられても仕方ない。

だが、りりさの眼光の迫力に、痴漢のほうが怯えて後ずさっていた。

りりさのほうが、デカい胸を震わせながら、痴漢に近づいていく。

「一回だけ、触らせてあげるので、よぉ～～く味わってくださいね」

「なっ……」

次の瞬間。

りりさが、体勢を低く沈めた。

柔軟な膝関節を巧みに用いて、しゃがんだまま体をひねる。俺もサラリーマンも、その美しい動作に見とれていると。

りりさが、飛んだ。

フィギュアスケートを思わせるように、ジャンプしつつ回転する。

ただでさえ注目を集める巨大な胸が、ばるんと上下に弾んで――。

「どりゃあっ！」

サラリーマンの横っ面を張り倒した。

「ぶべらっ！」

サラリーマンが間抜けな声をあげて倒れる。

本来、やわらかいはずの一対の脂肪は、この瞬間、痴漢をぶん殴る凶器と化した。

どのくらい重いか知らないが——。

ジャンプ回転で、十分にベクトルを乗せた胸攻撃が、痛くないわけがないだろう。事実、サラリーマンは鼻血を出してホームに伏せている。

「……ふっ」

りりさは制服のスカートが舞いあがるのも気にせず、どや顔でホームに手をついて、着地を決めていた。

なんだその技は。

「り、りりさ、お前……」

俺はなんと言うべきかわからず、呆然とする。

聞いたことねえよ、デカい胸で痴漢をぶっ飛ばす女とか。

周囲の乗客もなにごとかと注目を集めている。大ごとにしたくないんじゃなかったのか？

（いや、違う）

俺はやっと気づく。

りりさはずっと痴漢に怒っていて、遠慮なくぶっ飛ばせる場所とタイミングを見計らっていたのだ。電車の中でこんな芸当できるわけがない。

『まもなく三番ホームに電車がまいります。白線の内側までおさがりください――』

アナウンスが響く。

すると、りりさが俺の手をとった。

「トウジ！　逃げるよ！」

「はっ⁉　おまっ、アイツはいいのかよ！」

痴漢は鼻血を出しながらもこちらを睨みつける。なにか叫んでいたが、ホームに電車が入ってきた音で、アイツの戯言はかき消されている。

「だって、嫌じゃん！　痴漢のせいで学校遅れるの！」

「はあ⁉」

「ほら、さっさと走ってっ！」

りりさは俺の手を引いて、電車に乗り込む。

痴漢がようやく、ふらふらの足取りで追いかけてきたが、そんな足取りで、朝の駅の混雑を進んでいけるわけもなかった。

「ふぅぅ」

電車に乗って、りりさは一息つく。

胸は扉に押しつけて、デカいパンのように形を変えていた。俺に背中を向けている格好だ。

満員電車で、これはこれでヤバい。

俺は扉に手をついて、りりさを周りから守るようにガードした。もちろん俺の身体も、りりさになるべく触れないように。

「これで間に合うねッ！　トウジ！」

りりさは真上を向いて、ほほ笑んでくる。身長差があるので、りりさの笑顔が良く見えた。

「――そうだな。言いたいことは、山ほどあるが」

「えー？　なんも悪いことしてないよ？」

りりさは悪ガキのような微笑みを見せた。

――そんな笑顔も、そして手を引かれて走るときのりりさも、ガキのころ、俺の手を引いてプールに行くりりさの、そのままで。

あんなことの後なのに、俺は無性に安心してしまうのだった。

「で？　なんであんなことしたんだ」

昼休み。

俺は、裏庭で購買のパンを食べながら聞いた。

昼休みになるやいなや、りりさを呼び出して、こうして一緒に昼飯を食っている。りりさは手作り弁当を開けながら。

「えー？　なんのこと？」

「朝のことだよっ」

「だからさ、朝の、どれのこと言ってんの？」

りりさは卵焼きを口に運びながら、からかうように言う。

「そうだな。まずはホームで、あの痴漢をぶっ飛ばしたやつだ」

「あーおっぱいアタックね」

俺が言葉を選んでいるのに、りりさは直截に言う。

「すごかったでしょ、結構練習したんだよ？　こう、腰のひねりが大事で……」

「いつもあんなことしてんのか？」

「いつもじゃないよ。アイツで3人目」

まあまあ、あの攻撃の犠牲者がいるようで、俺は唖然とする。

「私のおっぱい、11キロあるからね。下手に平手打ちとかするより、こっちのほうが効果的でしょ？」

「まあ、あの痴漢は、瀕死だったな……」

11キログラムの肉の塊が、遠心力を加えて顔面に飛んでくるのは恐怖でしかない。

——っていうか、りりさの胸、11キロもあんのかよ！　重りつけて日常生活してるマンガのキャラかよ。

「……じゃねえよっ。痴漢ぶん殴って逃げる被害者がどこにいる！」

「だって、駅員さんや警察呼んでたら、遅刻しちゃうでしょ？」

「遅刻したっていいだろ。学校には説明すれば――」

「毎日それやるの？」

「は？」

りりさの答えに、俺は目を丸くした。

「え？　お前、毎日痴漢されてんのか⁉」

「いや、今朝みたいに、実際に触ってくるヤツはなかなかいないけどさぁ、わざと胸に近寄って来たり、逆に胸をガードしてるからってお尻狙ってきたりするバカは、満員電車にたくさんいるわけよ？　信じらんないよね！」

りりさはぷんすか怒りながら、弁当を食べる。

「せっかくこれから、花の女子高校生ライフなのにさぁ！　毎朝毎朝、痴漢のせいで遅刻なんかしたら、貴重な時間が台無しになっちゃうでしょー⁉　どうせ捕まえてもらっても、次のバカな痴漢が出てくるわけで……そしたら自衛するしかないじゃん！」

これは俺の想像力不足だったらしい。

りりさは――おそらくその大きな胸のせいで――毎朝痴漢に狙われていた。そのたびにトラブルとして処理されれば、当然、登校どころではない。

だから自衛手段として、あんな変な技を覚えたということか。

まあ、相手の不意をついて痛い目を見せる技としては、なかなか効果的なのかもしれない。相手だって、平手打ちや蹴りは想像できても。

まさか胸で殴られるだなんて思わないだろうし。

「じゃあ、お前――大ごとにしたくないってのは……」

「うん。駅員さんとか呼ばれたくないの。おっぱいアタックで痛い目見せて、もう二度とやらないように警告したわけ。そんで私は遅刻しないから、いい方法でしょ？」

りりさはどや顔で、デカすぎる胸を張るが。

俺はとてもそうは思えなかった。

「暴力ふるったら、お前が加害者になるだろ」

「むこうが警察や駅員さんに言う訳ないでしょ。痴漢してたのは自分なんだから。大ごとにしたくないのはあっちもでしょ」

「そりゃそうだが……相手が逆上したり――」

「だからすぐに逃げたじゃん？」

私悪くないとばかりに、りりさは唇をとがらせた。

「まあ、お前の考えはわかったよ」

痴漢に狙われやすいりりさ。原因はまあ、デカすぎる胸だろう。

「……トウジって、地元の中学だよね？」

「ん？　そりゃまあ」

「そこってさ、あんまり水泳強くないじゃん？　ウチさ、水泳がどうしてもやりたくて、だから水泳の強い私立の学校に行こうと思って」

「そうだったのか」

どうりで、地元の中学にりりさがいなかったわけだ。

たしか学区は同じはずなのに、と思っていたが、中学受験だって珍しくはないし、そんなものかくらいに思っていたのだ。

（ん？　あれ、でも中学で水泳はやってないって……）

どういうことだ？

疑問に思ったが、口を挟む前にりりさが続ける。

「で、ちょっと遠くの私立通ってたんだけど、そこも電車通学でさ」

「ああ……」

「中学でどんどん胸が大きくなっていって……そんで、胸が大きくなるのにあわせて痴漢って増えるの！　ほんっと、腹立つよねーっ！」

「――そうだな。頭に来るな」

俺も朝からずっと、怒りを抑えるのに必死だ。

「だからいっぱい筋トレして、おっぱいでぶん殴れるようになった！　私は絶対に、痴漢なんかに負けないし、高校生活も謳歌してやるんだから！」

「……だから、の意味がわからんが、まあ経緯は理解したよ」

りりさに群がってくる害虫のような痴漢がどれだけいたことか。

胸が大きいというだけで、りりさがそんな目に遭わなくてはならない道理はないはずだ。

だが。

「それでも痴漢を殴るとか、危ないことはやめろよ。変な技もってても、相手は男だぞ。なにしてくるかわからないだろ」

「えー？　トウジだって今にも殴り掛かりそうだったじゃーんっ」

「っ」

やはりバレていたらしい。

「お、俺は良いだろ……別に、どうなったって。それよりお前が傷つくほうが……！」

「ふふっ、心配してくれたの？」

「当たり前だろ――幼馴染なんだから」

ただそれだけを告げるのに、顔が赤くなってしまった。

なんだか照れ臭い。幼馴染を心配するなんて当たり前のことだ。恥ずかしがるようなことではない。

「知ってるヤツが痴漢されてて、黙って見てられるほど人間できてねえよ」

「うん、トウジはそういうタイプだよね。体が大きくなっても、中身は全然変わってない」

「うるせ」

感情的な子どものままってことか？

それはそれで、ちょっと頭に来る。少しは成長しているはずだ。

「――トウジはさ、私の胸、触りたい？」

「はっ⁉」

りりさが、ふにょん、と自分のデカすぎる胸を持ち上げる。11キロの重量に、どうしたって目が奪われる。

なに聞いてんだコイツ。

「さ、触りたい……わけないだろっ、そんなデカいもの！」

「ふーん？　女子も男子も、みんな触りたがるけど？」

「俺を一緒にすんなっ」

りりさは意味深に目を細めてくる。どういうつもりでそんなこと聞きやがる。

もちろん、その胸に触りたい男なんて星の数ほどいるだろう。巨乳が男の目を引き寄せるのは常である。

しかしここで間違っても触りたいなんて言ったら、痴漢どもと同じになってしまう。そんなのは絶対に嫌だ。

「ええと……お、俺はアレだよっ……そのっ、脚フェチだから！　だから胸にはあんまり興味なんてねーし？」

いや俺もなに言ってんだ。

ありもしない性癖暴露してどうする。

「ふふっ。そっか。興味ないんだね」

「ああ。そんなデカいのつけてて、本当大変そうだなって思うよ」

「それはマジでそう」

一瞬真顔に戻って頷くりりさが面白かった。

「じゃあさ、そんな脚フェチなトウジに、お願いがあるんだけど――」

「お願い？」

そういえば。

いつかの朝にも、お願いを聞いたような気がする。

「私のボディガードになってほしいの！」

りりさは真剣な顔で、俺に向かってそう言った。

「ふー、ごちそうさま」

弁当を食べ終えたりりさは、礼儀正しく手をあわせて、そう言った。

身長はあまり高くないのによく食べるりりさだった。子どものころからそうだ。

「で……ボディガードだって？」

「うん」

改めて聞き直す。

ボディと言われて、どうしてもりりさの胸に目が行きそうになるが——あわてて視線をそらす。

「トウジだから言うけどさ、私、この胸だから、普段の生活がめちゃくちゃタイヘンなわけ！」

「それはまあ、よくわかる」

たとえば、今の昼食も。

りりさはベンチに座り、体の横に弁当箱を置いて、わざわざそこからおかずを口に運んでいた。膝の上に載せれば楽だろうに。

膝に載せない理由は明白である。デカすぎる胸が邪魔をして、手元が見えなくなるからだ。

「机もさ、半分くらい胸で埋まるわけよ！　こんなんじゃ書けないじゃん？」

「授業はどうしてんだ……」

「なんとかこう、背中を丸めて～、おっぱいを押し込んで……机の上にスペースを作って、それでどうにか……」

「おおう……」

たまに猫背になっているなと思ったら、あれは胸をつぶして場所を作っていたのか。

「あとさ、外に出るときもさ、ホントめんどくさいわけ！　痴漢とか、ナンパとか、スカウトとか、とにかく男の人に声かけられまくって……」

「スカウトって？」

「えっちなビデオのやつ」

「ぶっ！」

俺は飲んでたコーラを噴き出しそうになる。真顔で言うな！

「どいつもこいつも胸ばっか目当てで声かけてきやがって……私、怒ってんだからね！」

「制服ならそういうのないだろ」

「いや制服でも全然声かけられるけど⁉　未成年だってーの！　コスプレかなにかかと思ってんのかしら」

マジかよ。治安悪すぎる。

「街を歩くだけで、そういうのが寄ってくるわけか」

「そうなの。ママには一人で街を歩くなって言われてるけど、そういう訳にもいかないでしょ？　友達だっていつでも来てくれるわけじゃないし」

「生活に支障がでてるじゃねえか」

人より胸が大きいだけで、これだけの被害である。

ただでさえ重そうな胸だというのに、そこにくわえて様々な面倒がくっついてくるのだとしたら――。

りりさが望む高校生活を送るのは難しそうに思える。

「そこでトウジなわけよ」

「お、おう」

「身体（からだ）がデカい！　顔もまあまあ怖い！　小さいころからよく知ってる！　駅が一緒だから通学のときも頼れる！　私がちょっとくらい困らせても申し訳なくない！　いい条件がそろってるでしょ」

「おい、最後」

言い方はともかく、気を遣わない関係であればりりさもラクということだろう。

「それに、今の話を聞く限り？　私の胸には興味なさそうだし――変な気を起こさないなら、なおさらボディガードに適任かなって」

実際にはなにかにつけて、その胸を目で追っているわけだが――。

りりさには気づかれていないことを祈るしかない。平気、だよな？

「クラスの女子に頼むとか……」

「痴漢への威嚇とかあるのに？　女子にお願いできないって」

「まあ、危ないか」

「女子で痴漢に立ち向かうな、ってトウジもさっき言ったでしょ」

気心の知れた男子が適任と言われれば、筋は通っている。

「具体的にはなにをすればいいんだよ」

「ん、私の通学とか下校とか、お休みの買い物とかに付き合って。横に立ってて、セクハラしてくるヤツとかいたら睨みつけて！」

「魔除けの鬼瓦か俺は」

「鬼瓦より頼りになる幼馴染だよぉ！」

りりさは両手をあわせて、拝む——じゃなかった、頼む仕草。

人の多いところでりりさに付き合うのは、結構大変そうだ。拘束時間もそれなりだろう。

だが、どうやら俺が思っていたよりも、りりさの日常生活は破綻しかけているようだ。一人で街を歩けないのは相当である。

誰かの助けが欲しいのは、当然だろう。

「——わかったよ」

再会してからずっと、りりさのことが気になっていた。

それは、もちろんりりさの一部分が成長したからではなく——それによって困っているりりさを、どうしても放っておけなかったからだ。

こういう形でりりさの助けになれるなら、俺としても本望である。

「ホント！　マジで！　助かるぅ！」

りりさは顔を近づけてくる。あまり近づかないでほしい。胸に目が行く。

「――確認するが、通学も下校も、休みも一緒だって言ったな」

「うん。だって痴漢が多いのは電車だし、ナンパとかスカウトは休みに街を歩いてるときにされちゃうし？」

「それって、つまり、ほぼ四六時中、俺と一緒に行動するってことだよな」

「そだね」

なにを当たり前のことを、とばかりにりりさは頷く。

「いいのか？　それ？」

「なにが？　ボディガードなんだから傍にいてもらわないと」

「……わかったよ」

そんなにずっと一緒にいるのは、恋人みたいなものだろう――などと。

思いはしたが、口にはしなかった。りりさが気にしないのであれば、俺も気にすることではない。

りりさの抱えている事情は切実だ。それくらいしなければ、朝の痴漢のような輩を排除することはできないのだろう。

「トウジには、負担かけちゃうかもけど……よろしくね」

「気にするな」

どうせ一緒に登下校する相手なんていない。デカくなった体も、こういう形で活用できるなら悪くない。

りりさの安全な高校生活を守るためなら、安いものだろう。

「一緒に行動なんて、ちょっとガキのころに戻っただけだろ。同じだ同じ」

「うん……えっと、ありがとね。ボディガードさん」

りりさが、ちょっと茶化してそう呼んできた。

胸のデカすぎる幼馴染（おさななじみ）と再会した時は、どうなることかと思ったが――。

こうして、俺の高校生活は、りりさのボディガードとして始まっていくのだった。

高校で再会した幼馴染、美濃りりさ。

彼女は二次性徴期ということを差し引いても、信じられないくらいに胸が成長してしまっていた。日常生活に差し支えるほどに。

それでもりりさは、楽しく高校生活を謳歌することを諦めていない。

そのため、幼馴染で気心のしれた仲である俺――手代木トウジを、ボディガードに指名したのである。

そのボディガード、一日目だが――。

(やっぱり、迫力が……)

朝、駅で待ち合わせをして、一緒に電車に乗る。

満員電車の車内で、りりさの胸の質量は、おそろしいものがある。制服を押し上げる脂肪の塊は、りりさ自身の頭よりデカい。

もちろん、りりさが満員電車に乗れば、意図せず周囲の人に胸を押しつけてしまうので、彼女自身も気を遣って、出入り口に顔を向けて誰にも当たらないようにしている。

結果、電車のドアに、りりさの胸が押しつけられる形になるわけだが――。

「どこ見てんのー？」

「いや、別に……」

りりさがにやにやしながら聞いてくる。

制服越しであっても、ドアに押しつぶされて変形していく胸に、どうしても目が行ってしまうのだった。

しかしそれは、他の乗客も同じである。

りりさに寄り添うように電車に乗っていると、よくわかる。りりさの常人離れしたプロポーションが、どうしても人目を惹きつける。

もちろん男が自然とりりさを見てしまうのは、気持ちとしてよくわかる。一方で大抵の男は見てはならぬとばかりに、露骨に目をそらしたりしている。

まあ、さすがに胸をじっと見ているとバレたら、周りの反応が怖い。

一方で女性もまた、りりさを見ている。単純に驚いている幼女、ついつい見てしまう女子学生、なにやらりりさを見て小声で話している年配のおばさん。さまざまである。

なんなら女性のほうが同性だからか、遠慮なく見てくる比率が高い。

（こんなのが、毎日かよ）

ボディガードを雇いたくなる気持ちもよくわかる。

「今日は——いないみたい」

りりさが、小声で俺に言ってきた。いない、とは痴漢のことだろう。

「そうか」

俺の返事は必然、硬くなる。裏を返せば、普段はいるという意味だからだ。

毎日痴漢に遭っているとも聞いているし、ボディガードとしては気が抜けないにもほどがある。

「トウジのおかげだね。見た目怖いから♪」

「犯罪防止になるなら、威圧感ある見た目も大歓迎だな」

「私は好きだよ？　頼りになるね」

どこまで本気なのか、イタズラめかしてりりさが言う。

「そりゃどうも」

満員電車の中、小声で囁きあう。

なんの変哲もない、ただの通学風景。

こんな些細な日常でさえ、今までりりさは送れてなかったのだと考えると——ボディガードくらい、いくらでもやってやる、という気分になる。

「トウジの身体、すごいよね。筋トレしてるの？」

「おう、してるぞ。中学の時は先輩からしごかれて、毎日してた」

「えらーい♪　さすが。私もさ、お医者さんにしたほうが良いって言われてるんだけど、なかなかやる気にならなくて……」

「お医者さん？」

聞き逃せない単語が出てきた。

「あー、ほら、胸がね、これでしょ？　ママがさすがになにかの病気じゃないかって、一応、病院に行ったんだけど……」

「大丈夫だったのか？」

確かに、日常生活に支障があるほどのバスト。

俺は詳しくないが、胸が異様に膨らむという病気もあるのかもしれない。

「うん♪　健康診断でも異常なし！　特に病気とかじゃないって」

「よ、良かったな」

「ふふっ、健全な発育をしています、だってさ」

そのサイズはむしろ不健全――いや、やめよう。

俺が不健全な目で見ているだけだ。ボディガードをやっているのだから、よこしまな考えは捨てないと。

「でも、先生がさ、そのままだと胸が重すぎて、骨や関節を痛めるかもしれないんだって」

「まあ、そうだな……」

両胸の重量はたしか11キロと言っていた。

常に体に赤ん坊二人分の重量が乗っているようなものだろう。

「だから、先生にめっちゃ筋トレしろって言われてんの。とにかく足腰を痛めないようにスクワットして、良い姿勢を保つように背中を鍛えて、あと、おっぱいが垂れないように肩と胸の筋トレもね！」

「サボってるんだろ」

「そうなんだよ〜！　先生の考えてくれたメニュー、鬼なんだよぉ〜！」

りりさがわざとらしく泣く。

胸のせいで大変なりりさではあるが、どうやら味方もいるらしかった。会ったこともないがそこまで親身になってくれる先生も珍しいだろう。

ところで胸が大きい症例は、何科にかかるのだろうか。やっぱり外科？

「というわけで、トウジも死ぬほど筋トレしてね。私のモチベーションにもなるから」

「別に、一緒にジムでしごいてやってもいいんだぞ」

「うう、トウジも鬼だぁ……」

りりさがうへえ、という顔になる。

「お前の健康のためだろ。その胸……今でも重そうなのに、垂れてきて重心が下がったら……」

　不安定な位置に、胸の重さがかかってしまうと、全身への負担も変わってくるだろう。転倒の危険も増えるかもしれない。

「ひえぇぇ、考えたくもないよぉ！　今もがんばって下着と筋肉でなんとか支えてるんだからぁ！」

「じゃあ、がんばらないとな」

「はい……ガンバリマス……」

　とはいえ、再会してから、りりさの姿勢の良さは気になっていた。

　サボっているなどと言うものの、実のところ、りりさも健康維持のために努力をしているのだろう。元々運動が好きだったはずだし。

　11キロの脂肪を持っていると、それでもなお足りないということか。

　日常を送るだけだというのに、彼女が抱える荷物が多すぎる。

　りりさは朝から、はあとため息をつくのだった。


　一緒に登校して、クラスに到着する。

　とりあえず朝のボディガードの役目はこれで終わりかと思ったら、りりさが開口一番、クラスメイトに向けて。

「今日から、トウジ——手代木くんが、私のボディガードになります！」

などと宣言しやがった。

「は？」

状況がわからず、俺はぽかんとする。

クラスの男子たちも『なんの話？』みたいな顔をしている。

しかし女子——特にりりさと仲の良い女子たちが集まってきて、良かったねとか、やっと決めたんだーとか言ってる。

「お、おい、りりさ、なんのことだ」

「あ、前からねー、私の生活困ることばっかだから、誰かついてあげたほうがいいんじゃないって、女子たちの間で話してたの」

「そういうことは先に言え」

「いま言ったでしょ。女子についてきてもらおうか考えてたけど、痴漢の被害もあるから男のほうがいいって」

「こんなに話が通ってると思わないだろ……」

どうやら、周りにもある程度話がついていたらしい。

知らなかったのは俺とか、関わりが薄い男子たちだけのようだ。

「手代木くんにしたんだ、おっきいもんね」

「幼馴染なんだって？　ぴったりじゃん」

「ちゃんとりりさを守れよ手代木くん！」

名前もうろ覚えの女子たちから、代わる代わる好き放題言われる。

背中をばしっと叩かれた。別に痛くはないが、話したこともない女子たちから親し気に話されて、なんと返していいかわからない。

「人気者だな、お前」

結局りりさに対して、そんな当たり障りのない感想しか言えない。

「まー？　人徳？　人柄？　的な？」

確かに人柄によるものなのだろう。自分で言っては台無しだが。

「いやぁ～。まさか手代木君にとられちゃうとはね！」

バレー部の――ええと、たしか三笠という名前の女子が、にやけながら言う。

「サイアク、アタシが男装してりりさのボディガードやろうと思ってたんだけどさ！」

「みーちゃん、危ないからそれダメって言ったでしょ！」

三笠はバレー部だけあって身長が高く、確かに男装には向いているかもしれない。

「いやでも、こんなデッカい宝物がついてんのよ！　男なんかに渡すわけないでしょ！　ああ、悔しい！　アタシが男だったら、絶対りりさを放さないのに！」

三笠がりりさに抱きつく。

それとなく胸も揉んでいた——こいつも一種の痴漢では？

「ちょっとぉ、みーちゃんやめてよぉ！」

「はあぁ～、いつ触っても最高……！」

「セクハラだよ！　助けてトウジ！」

りりさは嫌がっている——わけではない。冗談めかして俺の名を呼ぶ。

女子同士の他愛無いやりとりにも見えるが、とはいえ名前を呼ばれてしまえば、ボディガードとして動かないわけにはいかない。

「——はいはい、そこまで」

俺はりりさと三笠の肩に軽く触れ、二人をひきはがす。

「女同士でも、今はセクハラになるんだろ？」

「むー、友達同士のスキンシップなのに、厳しいわねぇ」

三笠は唇をとがらせる。なんか文句を言われるかと思ったが。

「でも合格！」

「合格って……」

三笠がサムズアップして認めてくる。

お前が決めるのかよ。上から目線だなあ。

「りりさはとにかく変な虫が寄ってくるからね！　キミがそうやってしっかり守ってあげんの

よ！　がんばりなさいよ！」

「言われなくてもそのつもりだが――」

「ま、アタシは更衣室とかでりりさの宝物、堪能させてもらおっかなぁ～！」

舌なめずりをしながら、りりさににじり寄る三笠。

――やっぱりコイツも警戒対象にするべきなんじゃないか。

「お前たち、なに騒いでるんだー。HRやるぞー」

などとやっていると、担任がやってくる。

りりさははいっ、と元気良く手を伸ばした。

「先生！　例のヤツ、手代木くんに決めましたっ！」

マジかよ。先生にまで話が通ってるのか。

「ああ～、ボディガード、だったなあ。じゃあ、美濃と手代木は、登下校一緒になるんだな」

「はい、そうです！」

なんでそんなに元気が良いんだ。

俺たちが幼馴染の関係だと知らないヤツが聞いたら――どう考えても、付き合い始めたカップルだろ。噂されるに決まってる。

すでに事情を知らない男子たちが教室の隅で、こっちをちらちら見ながらなんか言ってるじゃないか。

「ああ、わかった。それじゃあ手代木、ホームルームのあと、ちょっと来なさい」

「へ、俺……ですか？」

なんで俺。

「取りに来てもらいたいものがある。あと、席替えもするからなー。ほうら、お前たち、席につけー」

事情がまるでわからない。

りりさを見ると、万事とどこおりなしとばかりにサムズアップをしてきやがった。いや、説明をしろ、お前は。

こちらのことをちゃんと考えない大雑把さ、おおらかさ、昔となんにも変わらない。

「これからがんばれよ、手代木ぃ」

仕事がだるいのか、中年の担任は俺の肩に手を置いて、軽くほほ笑むのだった。

ホームルームの後、俺が倉庫から運ばされたものは。

りりさ専用のアイテムであった。いつの間にこんなものを。

「はぁ～、これで授業がラクになるわぁ～♪」

後ろの席のりりさが、これ見よがしに言う。

俺が座っている椅子——その背もたれの部分には、なんと後ろの席につながる筆記台が接続されていた。

りりさは、自分の胸のせいでノートもろくにとれなかったが、俺の椅子を土台として斜めに配置された筆記台によって、教科書やノートも置けるし、ノートをとるのも簡単になる——ということらしい。

「教頭先生がDIYで作ってなぁ」

担任が言う。マジかよすげえな教頭。

——まあ、りりさのための筆記台は構わないが。

問題は、座っている俺のほうである。筆記台と椅子が接続されている——実質的に、りりさの机と、俺の椅子をセットで使う状態だ。

椅子を下手に動かせないし、りりさの筆圧が、椅子を通じて伝わってくるのも妙に落ち着かない。

あと筆記台が背中を圧迫して姿勢が辛い。背もたれも気軽に使えない。

「トウジ、もうちょっと頭下げて」

「お、お前なぁ……！」

そして、さらに言うなら。

この特別製筆記台は、構造上、俺がりりさの前に座らなくちゃならないのだが——俺の身長がデカすぎるせいで、後ろの席ではりりさが黒板を見られないデメリットが発生した。

おかげで、俺が強制的に、一番前の席になる。

ついでに言うと、それでも見えないとなると、このようにりりさからかがむように指示される。

仕方ないことなのだが、なんとなく屈辱的ではある。

最前列で目立つ中、このやりとり。授業中の居眠りはもう無理だろこれ。

「……その筆記台、書けそうか」

「うん。問題なし！　トウジがでっかい以外は！」

「………………」

筆記台そのものに問題はないらしい。

これでりりさは、授業に集中できることだろう。俺が集中できなくなるデメリットと引き換えだが。

(しかし、こんなものまで用意してあるなんて)

俺の知らないところで、りりさは根回しを済ませていたらしい。

普段のボディガードが必要であることを教員たちにも周知させていたり、こんな筆記台をＤＩＹしてもらっていたり。

行動力とコミュ力に、驚きを隠せない。胸が大きすぎてなにかと支障があるから、普段から助けてくれる男が必要だ——という認識をあっという間に共有できた。

りりさのいう『青春の謳歌』のために、彼女は労力をまったく惜しんでいないようだった。

（まあ、おかげで普段から一緒にいても、変な噂は立ちそうにないが――）

それはりりさ自身のためであり。

そして、俺のためでもある。役割が周知されていれば、常に一緒にいられる。

どころか、これから先、りりさになにかあった場合、他の教師や友人が、率先して俺を呼んでくれることだろう。

さしずめ、保健係ならぬ『りりさ係』といったところか。

学校全体でそのような認識になることは、ボディガードとしては非常にありがたい。ボディガードの仕事がスムーズに進むだろう。

「ねー、トウジー、まだちょい見えないー」

「………………」

とはいえ。

後ろからシャーペンで小突かれるのは、ちょっとだけムカつくが。幼馴染だからってもう少し遠慮しろ、お前は。

「服が見たい」

学校を終えた帰り道、りりさがそう言い出した。

なぜそんな宣言をするのか、俺にはわからなかった。

「見ればいいだろ」

「も━！　察しが悪いなぁ、付き合いなさいってことよ！　ボディガードとして！」

「あ━、なるほど、了解」

そういえば、外出時も付き添う約束なのであった。

りりさと共に学校を出て、通学経路にあるターミナル駅へ。駅と直結したモールへと向かう。

さすがにターミナル駅だけあって人が多い。

（……視線が）

りりさに向けられる視線は、ここでも電車内と似たようなものだ。

すれ違う誰もが、りりさのスタイルに驚いた顔をする。まあ、それだけならまだしも、明らかにいかがわしい目的で近づこうとする男がいるから始末が悪い。

俺がりりさに寄り添い、睨（にら）みつけると、舌打ちをしてから距離をとった。

（治安わるいな、オイ――）

胸が大きいというだけで、こうも男の視線を惹（ひ）きつける。

一人で歩いていたら、そんな男たちへの対処だけで気が遠くなるだろう。ボディガードをつけたくなる気持ちもよくわかる。

迂闊（うかつ）にりりさの隣を離れられない、と思った。

「あれ、りりさ、服屋はこっちだろ」

「あー、うん、今日はね、ちょっと違うの」

りりさが向かったのは一般的なファッションの店ではなく、スポーツショップだった。

「服って、もしかして……」

「そ、筋トレに使うウェアを探したくてさ」

「なるほどな」

医者から筋トレを推奨されている、と言っていた。

「ほら、やっぱりウェアがお気に入りのヤツだとテンション上がるじゃん？　筋トレもはかどるってもんよ！」

両方の拳を、胸の前で握って気合を見せるりりさ。

——胸を強調しているポーズになっているのは、言うべきではないのだろう。

「そりゃ、いいけど……あるのか？　りりさのサイズが」

「それを！　探すの！」

いかに伸縮性にすぐれたフィットネス用ウェアだったとしても。

人すら攻撃できる、りりさの胸の質量に耐えられるものがあるだろうか。サイズのあわないウェアに無理やり詰めても、悲鳴をあげるのはウェアのほうだろう。

「かわいくて胸も収まるウェア……あるかな……あってほしい……」

「服選び、大変そうだな……」

　Sカップが着れる服、どうやって探してるんだ？

　一番、調達するのが疑問なのは下着であるが——もちろんそんなことは聞けるはずもない。

「えーとね、お母さんの知り合いが、アパレルの会社に勤めてる人で……私服とかは、そこで特注で、作ってるんだけど……」

「特注って……そんな金あるのか？」

「ない……お小遣い飛ぶし、私服も全然足りない……」

　俺はファッションに疎いから、よくわからないが——。

　高校生の女子というのはもはや、オシャレしないと死ぬような生き物なのではないだろうか？　りりさが『高校生活を謳歌したい』というなら、学生らしいオシャレだってその中に含まれるはずだ。

　こんなところも、胸のせいでなかなか自由にならない。

「でも、私服はまだしも、ウェアはオーダーメイドできないから……」

「探すしかないってことか」

「マジしんどい……でも、かわいいウェアで筋トレして、胸とスタイルを守らなきゃ！」

　女は着るものでモチベーションが上がるらしい。

　スポーツショップには、たくさんのウェアやトレーニングギアが並んでいた。せっかく来たし、俺も自分の筋トレのためになにか買うか——などと適当に眺めていると。

「————」

りりさが、明後日のほうを見ていた。

彼女の視線の先にあるのは、トレーニングウェアではない。フィットネスコーナーの隣にあった水着のコーナーだ。

競泳水着が並んでいる。

「…………」

りりさは、見たくないものを見るような、けれどそれでいて強い憧れがあるものを見るような、そんな顔をしていた。

一言で表すなら、未練だろう。

りりさは、水泳の強い中学に行きたかった。

けれど、中学では水泳をやっていない。ずっと気になっていた、その理由。

聞いてもいいものか迷っていたが——そんな顔で競泳水着を見つめられたら、どうしたって気になってしまう。

「りりさ」

「えっ！　あっ！　ごめ、聞いてなかった、なに⁉」

「中学で水泳、やらなかったのか？」

「…………」

りりさが、わずかに唇をとがらせて、顔をそむけた。言いたくない、という顔。

「あんなに水泳、好きだったろ。でも今はやってない。それなのに競泳水着なんて眺めてたら、さすがに気になるだろ」

「――トウジに言っても仕方ないよ。誰にもどうしようもできないから」

「でもよ……」

りりさが心の中で、また水泳をしたいと叫んでいるようにしか見えない。

「今の俺は、ボディガードだから、な。聞いたら、なにか力になれるかもしれないだろ」

「……別に、本当に大したことじゃないし。ていうか、察しが付くでしょ」

りりさは、競泳水着のコーナーへ。

そのまま水着を、自分の身体（からだ）に当ててみせる。

「ほら、見たまんま。私の胸、どうしたって競泳水着に収まらないよ」

制服を着ていてもよくわかる大きな胸。

その質量は、どうしても競泳水着からはみ出してしまう。そもそも水の抵抗を最小限まで抑えるために、体にフィットしたデザインになるが――。

りりさの胸にフィットする競泳水着などあるはずもない。それこそオーダーメイドで作るしかないだろう。

「最初はさ？　ちゃんと着れたんだよ？　部活も水泳部に入って、毎日楽しみで。でも、中一から、どんどん胸が大きくなって……」

「――――」

「下着だって一カ月したら着れなくなるレベルだったたし、水着なんかもっと買い替えできないじゃん？　最初はがんばって、胸を水着に押し込んでたけど、中二の時にはもう無理だった。そんなに苦労して、胸なんかいっつも痛いのに、男子からの視線も気になるし、胸が邪魔になるからタイムはでないし――」

りりさの子どものころのあだ名は『イルカ女』である。

とにかく男勝りで、プールに通っては誰よりも速く泳いでいた。夏なんか日焼けで肌が褐色になっていた。

そんなに、泳ぐことが好きだったのに。

「だから、部活、やめちゃったの」

それが、中学で水泳をやっていなかった理由。

やらなかったのではない。胸が大きすぎて、できなくなったのだ。

「そうか。――ありがとう、話してくれて」

「ううん。いつか言わなきゃだったたし」

「それなら部活じゃなくても、泳ぎに行ったりできないか？　その、昔みたいに、一緒に」

「ムリだよ。私に合う水着は少ないし、プールだと目立っちゃう」

りりさが首を振った。その瞳には、諦観が浮かんでいた。

水泳に未練はあっても、りりさは気軽に泳ぐことさえ自由にならない。

服を着ていてさえ、この目立ちようである。

ましてや水着でとなると、どれほど人目を集めるか、想像に難くない。

「そうか、悪かった」

俺は簡潔に謝るが、心の底では納得していなかった。

あんなに好きだった水泳が、できなくなるなんて。そんなの理不尽だろう。

俺も水泳が好きだからよくわかる。

「あー、えっと……でもさ、行けるなら行きたいかも！　いつかプールとか貸し切って、周りの目も気にしないなら……なーんて、夢みたいな話だけどね」

「別に夢見たっていいだろ。プールくらいいつでも行くのが普通だ」

「や、やめてよぉ。話してたら行きたくなっちゃうじゃん」

りりさは気まずそうに眼をそらしながら、競泳水着を元の場所に戻す。

「ほら、この話はおしまい！　トウジも手伝って。今日はウェア探しにきたんだからさ！　カワイイヤツ、一緒に探してよ！」

「……可愛いとかわからないんだよ」

「トウジの好みでいいのー！」

その後。

水泳の話から逃げるように、りりさはウェアを探しはじめた。とはいえ、Sカップに適したウェアがあるはずもなく。

結局は、XXLサイズのウェアを買うりりさだった。これでもりりさが着るとちょっと胸がキツいらしい。

「胸だけきつくて、他はあわないけど……」

「まあ、伸縮性あるし……家で筋トレするだけなら大丈夫だろ」

「そうだよね。外で着るわけじゃないし、ちょっとくらいヘンでも！」

気軽に着るフィットネスウェアでこれなのだ。

自分に合った競泳水着など、今のりりさにとっては夢のまた夢。

水泳選手にとって、競泳水着というのはただのユニフォームではない。水着の形状や素材はタイムに直結する。

自分に適した競泳水着を着れないというのが、どれほどつらいか。

だからりりさは、水泳をやめたのだ。

（……今の俺に、できることはあるだろうか）

ボディガードになったのだから。りりさのためにできることはしてやりたい。

とはいえ、まさか水着を作るわけにはいかないし——。

「はいトウジ、持って」

「荷物持ちかよ。別にいいけど」

「そんだけ体おっきーんだからこれくらい余裕でしょ」

買ったウェアの袋を俺に持たせて、りりさはいたずらっぽく笑う。

水泳の話はするなよ、と釘（くぎ）を刺されている気がして、俺はなにも言えなくなるのだった。

ボディガードになることで、りりさの日常と、俺の日常が急速につながっていった。

りりさの日々の苦労は、俺の想像を超えていた。

人目を気にして、痴漢やナンパを警戒して、重すぎる胸に振り回される。街を歩くのも、服を選ぶのもままならない。

「いや、でも、トウジがいると楽だわ！」

だが、りりさは笑顔でそう言ってくれる。

逆に言えば、今までは日常生活でさえラクができなかったということだ。明るく笑っている陰に、どれほどの苦労があったのだろう。

「校内で声かけられることも無くなったもんね」

りりさがパンをほおばりながら言う。

昼休みの間も、俺はりりさと行動を共にしていた。りりさ曰く、昼休みが一番面倒くさいらしい。

「入学早々、なんかイケメンの先輩に声かけられるしさ！　ほーんと迷惑！」

「……告白でもされたのか？」

「ううん、なんか友達と私のトコ来て、『うわすっげー』とか『でっけー』とか、勝手に感心してやがんの！　わたしゃ珍獣じゃねーっての！」

「失礼だな」

「ま、ムカつくけど、おっぱいアタックするほどじゃないし——ってトウジ、顔怖い！　トウジのほうが殴りそうじゃん！」

「殴らねーよ」

その場にいたらわからないが。

「もー、トウジのほうが沸点低いんだからぁ。アンタはあくまで魔除けなんだから、ケンカしないでよ？」

「だから殴らないって」

まあ、内心で怒ってはいるけどな。

りりさのボディガードになってから、世の中、どれほど失礼な人間がいるか、よ〜く思い知らされている。

痴漢のような犯罪行為は論外だが、遠慮なしに見てくるヤツ、ナンパしてくるヤツ、聞こえるように陰口を言うヤツ。

一々、怒っていたらキリがないが、それでも。

「トウジ、その顔やめなー。眉のとこのしわ、ヤバいよ？」

「いや、でも、腹が立つだろ……」

「そりゃね？　でも、もうトウジは私のボディガードなんだから。私の日常生活に、トウジの怖い顔がずっとあるのも困るんですけどー」

「うぐ」

りりさが距離を詰めて、俺の眉間をマッサージしてくる。

りりさの場合、たったそれだけでデカい胸が触れるか触れないか、という感じになってしまうので心臓に悪い。

無心、無心で――。

「私といるときくらい、笑顔でいなー？」

「人を鬼瓦扱いしてくれたくせに……」

「それはそれ！　これはこれ！　怖い顔するときは思いっきり！　でも今は私とお昼食べてるんだから、笑顔笑顔っ！」

「はいはい」

注文の多い護衛対象である。

けれど、まあ——失礼な輩がどれだけ多くとも、そればかり気にして、りりさを心配させていたら本末転倒だ。

俺がボディガードをしているのは、りりさに平穏無事の高校生活を送ってもらうためなのだから。

「ああ、ところでりりさ」

「ほいほい」

パンをもぐもぐしつつりりさが応じる。コイツよく食べるな。

「俺、来週からバイトすることになったから」

「へ⁉」

「週二日。その日は一緒に出掛けられないから、そのつもりで」

「ええ〜、マジかぁ〜。買い物とか行きたかったんだけどぉ」

「俺も小遣いが必要だからな」

りりさは意気消沈するが、もう決めたことである。

それに、単にバイト代が欲しいという以上に、やりたいことがある。りりさのボディガードができる頻度は減ってしまうが、仕方ない。

「まあ、寛大な心で許してやろう！　私は器がおっきいからね！」

「……ボディガードはお前が俺に頼んでる立場だよな？」

「もー、トウジってば、そういう時はね？　デッカいのは器だけじゃないだろ胸もだろ、ってツッコむんだよ！」

「俺が言ったらセクハラになるだろうが！」

なんで胸の大きさ気にしてるくせに、自分からネタにしてくんだよ。

「あはは、トウジおもしろっ」

「お前なぁ。からかってるのか？」

「そういうわけじゃないんだけどね……んぐっ」

パンを飲みこんで、牛乳で流し込むりりさ。

そういえばりりさは、子どものころから牛乳大好きだったな。今も飲んでいるらしい。

「まー、はっきり言ってこの胸、重いしデカいし揺れるし、邪魔でしかないわけよ？　もう全部なくしたい」

「……まあ」

りりさがそう思うのは自然なことだろう。

「でもせっかく持って生まれたのに、ただ邪魔扱いするのってもったいないなって。せっかくなら活かしていきたいのよ！　男も女も魅了するこのおっぱいを！」

――ええと。

前向き、なのか？　どれだけバストに困らされても、ポジティブでいたいという気持ちが伝わってくる。

「つーわけで、トウジ相手なら積極的にネタにしようかなって」

「反応に困るからやめてくれマジで……俺を痴漢にしたいのか？」

「えー？　なに～？　トウジも触りたいの？」

にやにやしながら、胸を守るポーズをするりりさ。

大変申し訳ないのだが、りりさの場合、胸がデカすぎるので、両腕で胸を押さえつけると、胸がたわんで上下からあふれてしまう。

つまりりりさはガードしてるつもりで、逆に胸が強調されてしまうのだ。

「……触りたくねえし。興味ねえし」

「ふーん？　トウジが嘘ついてるのってわかりやすいよね。昔から」

「う、嘘じゃねえよ⁉」

「いや丸わかりなのよ。幼馴染なめんな」

「……っ」

りりさがふふん、と得意げに鼻をならす。

じゃあなにか、胸に興味ないとか脚フェチとかごまかしてた俺の努力は、りりさには無意味だったってことか。

──認められるか。

「ガキのころと違うからな。お前、俺のことなんかなにもわかってないだろ」

「ふーん？　素直に認めたら触らせてやろうかと思ったのに？」

「だから！　自分の身体をそういう風にネタにすんなっ！」

「はーい。うーん、堅物ボディガードだな……ま、そんなだからお願いしたわけだけど？」

「そうだろ。うかつに人に言うなよ、そういうの」

こっちの身がもたん。

自分の特徴をネガティブにとらえたくない、という気持ちはわからんでもないが。

「トウジだから言ってんだけどね」

りりさがぽつりとそんなことを言う。

──幼馴染であるがゆえの信頼なのか、あるいは舐められてるのか。どっちだ？　気になるが、ツッコむとまたからかわれそうだ。

「とにかく、バイトの日はボディガードできないからな。そのつもりで」

「はーいっ。あ、じゃあ、これから忙しくなる？　一緒に筋トレしようって言ったじゃん？　今週のうちにやっちゃおーよ」

「……そんなこと言ったっけか」

ジムでしごいてやる、という話はした気がするが。

まあ、りりさにも俺にも、トレーニングは必要だし、付き合うのはやぶさかではない。

「ジムに行くのか？」

「あのねえトウジ、私が水泳部やめた理由忘れた？　パツパツのウェア着てジム行ったら、それはそれで目立っちゃうでしょ！」

「気にしすぎ――いや、すまん。そうだな」

りりさがどれだけ目立つかは、ボディガードしてからよくわかった。

彼女の行動には制限が多いのだ。

「だから、久しぶりに来なよ、私のウチ！」

「――え」

「ママもトウジに会いたがってるよ！」

唐突な家への誘いに、思わず固まる。

もちろん、子どものころはしょっちゅう、互いの家に遊びに行ったりしていたが――高校生になって、異性の家に行くのはさすがに。

いや、だけどただの筋トレだし――筋トレで異性のとこに行くって、逆にどういうことだよ。

「ひ、一人でがんばれよ……」

「むーりー！　モチベたもてない～！　3回で嫌になる～！」

「わがままだな……」

そういえば、子どものころ、急用があってプールに行けなくなった日があった。その時もりりさは随分ごねていたっけ。

基本的には、寂しがりで、わがままで、ちょっと構ってほしい気持ちが強いのだ。一部分がデカくなっても、本質は全然変わってない。

「わかったわかった……」

「よろしい！　そんじゃ今日の放課後、ウチに集合ね！　私がしっかりしごいてあげるから！」

「お前のトレーニングなんだよな……？」

なんで俺がしごかれる前提なんだよ。

とはいえ、りりさに筋トレが必須なのは事実である。若いうちからしっかり筋肉をつけて体を維持しないと、りりさの胸は支えられない。

ここは、俺がアドバイスしてやるのもいいかもしれない。中学の時、先輩たちに散々筋トレさせられたからな。

（……まあ、友達の家に、勉強しにいくようなもんか）

俺はそう考えることにした。

——あんまり深く考えると、異性の家ということを意識してしまいそうになる。あくまで幼馴染なのだ。

りりさだって――胸は女性的すぎるが――中身は子どものころのまま。
ガキのころにちょっと戻ったつもりで、遊びに行くのも悪くない。俺は半ば無理やり、自分にそう言い聞かせるのだった。

りりさの家は、子どものときと変わっていない。

我が家よりもかなり駅から遠い場所にある一軒家。

「お邪魔します」

俺はスポーツウェアに着替えてから、りりさの家に向かった。

出迎えてくれたのは――。

「あらぁ～。トウジくん、久しぶり！　すっごく大きくなっちゃって！」

りりさの母、璃々栖（りりす）さんである。

「どうも、おば――璃々栖（りりす）さん、ご無沙汰しています」

俺は律儀（りちぎ）に頭を下げる。

この人はおばさんとか呼ばれるのが嫌いで、名前で呼んで欲しがるのだ。

「ウチの夫よりも大きくなったんじゃない？　筋肉もすごい！　やっぱり若いと変わってくのね」

俺の肩に触れながら、璃々栖（りりす）さんが笑う。

「ええ、まあ。水泳部なんで」

「私は全然変わらないから、うらやましいわ」

璃々栖さんはそう言うが、俺からすれば璃々栖さんのほうが異様である。なにしろ子どものころと外見がほとんど変わっていない。

二十代でも通用しそうな外見と、そしてエプロンを押し上げる豊満な胸。若いころはグラビアアイドルだったと聞いた。美貌はその時のまま維持されている。

友人の母の胸に目が行くのはよろしくないのだが——璃々栖さんの遺伝子が、より強固になってりりさに継承されているのがわかる。

「……あの子のボディガードになったんですって？」

璃々栖さんが顔を近づけて、真剣な声で聞いてくる。

「ええ、はい、そういうことに」

「ごめんなさいね。あの子、成長してからどんどん生活が大変になって……でもトウジくんなら安心。どうか、りりさをお願いね」

「……わかりました。がんばります」

璃々栖さんには、子どものとき、散々世話になった。何度この家で夕食を食べたことか。

そんな璃々栖さんから直々にお願いされては、否とは言えない。

「あ、これ、ウチの母親から。肉じゃがらしいっす」

「あらまあ。トウジくんのお母さんのご飯、美味しいから……ありがとう！　今度なにかお礼するわね！」

「いや、そんな、大丈夫っすよ」

子どものころは、ウチの母親と璃々栖さんはしょっちゅう長話してた。

俺とりりさは退屈だったので、そこらで一緒に遊んでいたっけ。

しばらく疎遠になっていたが、もしかしたらこれを機会に、手代木家と美濃家の交流も復活するのかもしれない。

「りりさー！　トウジくん来たわよー！」

「ええっ、ちょ、はやいはやい！」

階段の奥から、慌てたような声が響いた。

りりさの部屋は、二階の一番奥の部屋。それは変わっていないらしい。

「ちょっと待って着替えてるからっ！」

デカい声で言うな。

「あらら、少し待っててね……大変な娘でしょうけど、どうかよろしくね」

「まあ、その——慣れてるんで」

りりさの性格はよくわかってる。

ポジティブで、明るくて、だけどちょっとドジで脇が甘い。それでも目指すものは絶対にあきらめない。そんな女の子。

りりさがそんなだから、俺も手伝いたくなるのだ。

「いいよーっ！」

りりさの声が響く。出迎える気はないらしい。

「じゃ、お邪魔します」

「はぁい、どうぞ♪」

璃々栖さんの許可を得て、俺はりりさの部屋へと向かうのだった。

「いらっしゃい、トウジ！　ようこそ私の部屋へ！」

りりさが部屋で出迎えてくれた。

なんとなく良い匂いのする女子の部屋。相手がりりさとはいえ、年頃の女子の部屋に入るのはちょっとだけ緊張する。

「へいらっしゃい！　準備デキてるよ！」

「なんでラーメン屋風なんだよ」

出迎えたりりさは、いつもの制服姿ではなかった。

「それ、こないだ買ったヤツか？」

「そうそう、かわいいっしょ？」

ピンク色のトレーニングウェアで出迎えるりりさ——であるが。

当然ながら、胸の部分がキツいウェアではりりさの巨乳もばっちりわかってしまう。

というか胸の盛り上がりに引っ張られて、ウェアの丈が短くなり、りりさのへそまで露出している。本来はちゃんと隠れるはずなのだが。

ウェアの肩ひもも、胸にひっぱられて大幅に伸びており、肩から胸にかけて、本来あるべきではない隙間が生まれている。その空間を埋めるように、りりさの胸がどん、と現れるのだから——。

思春期男子には目の毒だ。これはたしかにジムには行けない。

「……カワイイデスね」

「なんでカタコトなの？」

胸が横からよく見えそうだ、なんて口が裂けても言えない。

「——りりさの部屋、久しぶりだな」

俺は露骨に話題をそらす。

りりさの部屋は、意外とシンプルだった。

花柄の壁紙。勉強のための机とか教科書。クローゼット。ベッドにはあったかそうなブラウンの毛布と、テディベアのぬいぐるみ。部屋の中央には、ピンクのテーブル。その向かいにはテレビとゲーム機。

りりさはそれまであったのだろうテーブルとラグマットを隅に寄せて、代わりに二人分のヨガマットを敷いていた。

りりさも筋トレはやる気満々のようだ。

「んしょっと……よし、こんなもんかな」

「なんか……意外と、ものがないな」

「そう？　こんなもんじゃない？」

「いや、昔はもっとぬいぐるみとか、細々としたものがあったような……」

りりさは、その辺でキレイな石とか拾ってきては、小瓶に詰めてコレクションしていた気がする。

まあガキのころの話だから、とっくに卒業したのかもしれないが。

「あー、あれね……実はいくつか残してたんだけど」

「けど？」

「落とすのよ、おっぱいで」

「は？」

りりさは胸を張る。

「こう、その辺に置いとくとさ？　ふとした時におっぱいをぶつけて、落としたり、瓶だったら割ったり、色々やらかすわけで」

「………」

「振り向いたりすると、遠心力で結構勢いつくしさ、まーとにかく、この重りはなかなか制御できないのよ！　だから机とかに落ちやすいものは置かないようにしたの」

「……そうか。大変だったな」

こんなところでも、りりさは胸に振り回されている。

「なんでまあ、スッキリしてるけど……たまにテレビのリモコンとか、ジュースとかを倒すんだよねえ。気を付けないと」

りりさは首を振って。

「とりあえず！　自分の身体(からだ)を自由に使えるようになるために、筋トレしよっか！　トウジ、よろしくね！」

「そうだな。振り回されないように」

「がんばるぞー！　おー！」

りりさは拳を突き上げて、ジャンプした。

頼むから飛び上がるな。胸が揺れる。

「ほら、あと3回！」

「んんんん〜〜っ、ふんぎぃぃぃ〜〜〜〜！」

「フォーム崩れてるぞ、がんばれ！　腰を落として！」

「んんんんぁぁぁぁ～～～～～っ！」

俺はりりさを励ます。

りりさは顔を真っ赤にして、歯を食いしばりながらスクワットのメニューをこなしていた。

頭を手の後ろに置いて、腰を落とすポーズははっきり言って、尻と胸が強調されるのだが
――これもりりさに必要なこと。

邪念は捨てて、りりさのコーチに徹する。

「あと1回だ！　ファイト！　お前ならできる！」

「んんんっ！　ふんんぬぬぬううううう～～～ッ！」

腰を思いっきり落とした状態から、ラスト1回の動作を終えて、りりさがヨガマットの上に倒れこんだ。

「ひいっ、はあっ……はあっ……あ、足が、足が死ぬ……」

「次は背中だぞ」

「鬼……鬼トウジ……」

倒れこんだりりさが恨みがましい目で見つめてくる。

「太ももと内ももが痛い……ヤバい……明日もう立てない――」

「下半身を鍛えないと重量に耐えられないんだろ」

「くうう～、言い返したいけど……」

りりさは歯嚙みした。

ちなみに俺はりりさの分が終わっても、自分のスクワットを続けている。

大腿筋、大殿筋、ハムストリングスへと、痛みと疲労が蓄積されていく。この『筋肉を使っている』感覚が、つらくも妙に心地よい。

「筋肉オバケめ……」

「お前がモチベのために呼んだんだろうが。なんで罵倒してんだ……よっと」

１セットを終えて、俺も大きく全身を伸ばす。

ただ、りりさは文句ばかり言っているが、スクワットのフォームはキレイなものだった。トレーニングとしては上々だ。

俺の前では文句ばかりであるが、それはそれとして、彼女なりに努力していることがうかがえる。

どうしてもりりさのスタイルのせいで、大きな胸に目が行くが、下半身もそれなりにボリュームがある。こちらは脂肪ではなく、筋肉が大きい。

彼女なりにスクワットで下半身を鍛えてきた証拠だろう。

「このままじゃお前、俺に水泳で勝てないぞ」

「はいはい。勝負する機会があったらね、まったくもー」

汗を拭きながら、水筒に用意してきたスポドリを飲む。

りりさもテーブルに置いてあったスポーツ用水筒を、ひょいと摑んで飲み始めるが——。

「おい」

「んんん～？　ずずずっ……なぁに？」

「なにじゃねえ。横着すんな」

「ほえ？」

りりさは。

ストロー付き水筒を胸の谷間にうまいこと載せて、そのまま口をつけて飲んでいた。

「え～？　だめ？　楽だよこれ？」

「フツーはできねえんだよそんなこと」

「おっぱいの数少ない利点なんだし！　活かしていかないと！」

俺は頭を抱える。

痴漢はあれだけ警戒してたくせに、なんでこういう時は無防備なんだよ。

「なんでも載るよ？　スマホとか、リモコンとか。ちょっとなんか置くとき、めっちゃ便利なんだから」

「人前で絶対するなよ」

「するワケないじゃ～んっ、家だからだよ！」

一応、俺といる時間も『人前』にカウントしてほしかったのだが、言っても無駄そうなのであきらめた。

「ほら、次は背中」

「ひぃぃぃ〜っ……！」

ヨガマットにうつぶせで寝そべって、上体をそらす運動。

——うつぶせになると、りりさの胸がスライムのようにつぶれるが、それは見なかったことにした。小さいバランスボールを二つ挟んでいるようだ。

背中の筋肉は良い姿勢を保つのに重要だし、水泳でも特に使う筋肉である。りりさにとっては鍛えておくに越したことはないのだが。

マシンや器具を使わないと、鍛えにくい部位の一つでもある。

「んんにぃぃぃ〜〜〜っ……！」

りりさが変な声をあげながら、上体をそらす。

——胸が、ヨガマットから離れきっていない。

「りりさ、もっとそらせ」

「こ、これ以上……んあっ、無理ぃ……っ！　はっ、んあっ！」

「…………」

限界まで状態をそらし、背中の筋肉を使いきるりりさであるが。

やはり胸がデカすぎて、筋トレにさえ影響がある。仕方がないので、俺はそのままりりさに背筋を鍛える運動を促す。

「いっち……にぃ……さーんっ……しぃ……」

「ほれほれ、がんばれ！」

「ごーお……ろぉーく……なぁーなぁ……は、はちぃ……っ！」

りりさが上体の運動を繰り返していく。

「はあっ、はあっ……はあ……ああっ……んんっ」

3セットの運動を終えて、りりさが汗だくのままマットに倒れこんだ。

うつぶせになると、ちょうど胸をクッションにして上体を支えている。

――胸が大きくて不便だ、大変だと言うりりさではあるが、俺から見ると、りりさなりに活用しているようにも見える。

前に言っていた、胸の大きさもポジティブに受け止めたい、と。無意識に活用しているのも、そんな気持ちの表れだろうか。

「じゃあ次、腕立て伏せだな」

「おっ！　まっかせて！　腕立てはちょっと得意だよ！」

「……そうなのか？」

スクワットや背筋ではあれだけ苦労していたのに、腕立てだけ？

「もちろん！　見ててね……んしょっと……！」

りりさは腕立て伏せの姿勢をとると。

「いーちぃ……にーいっ……」

腕を使って、全身を沈み込ませていく——。

デカすぎる胸がマットに当たって、むにゅっとその形を変えた。その反動を使って、りりさが腕立て伏せの動作を反復する。りりさは余裕の顔だ。

そりゃそうだろう。つまるところデカい胸のせいで、ちゃんと負荷がかかっていない。

「ふーっ……どう、トウジ？　腕立てはなかなかのもんでしょ？」

10回の腕立てを終えて、りりさが汗をかく。やり切った感だすな。

「……りりさ」

「ん？　どしたのトウジ？」

「セット数増やせ」

「ええ～ッ⁉　なんでぇ⁉」

「なんでじゃない、胸でインチキしてるからだ！」

「嘘(うそ)ぉ⁉」

活用するのとズルするのは違う。

いや、りりさにその自覚はないのかもしれないが——どのみち、筋トレの効果が薄れていることに変わりはない。

俺はふてくされるりりさをどうにかなだめつつ、筋トレを続けさせるのであった。


「ふー……」

筋トレが一通り終わって。

俺は、りりさの家で風呂を借りていた。筋トレでかいた汗を、風呂でしっかり流すのは心地よい。

りりさは文句ばかりではあったが。

やはり後々の自分に返ってくることはわかっているのか、筋トレには真面目に取り組んでいた。

遠慮なく愚痴を言ってくるのは、相手が俺だからだろう。幼馴染ならではの雑さはあるが、同時に信頼も感じる。

まあ風呂に入る前に。

『私も早く汗流したいから！　さっさとお風呂あがってよね、トウジ！』

などと言われたのは、やや不満だが。

客人に対して、さすがに雑過ぎるだろ。筋トレも見てやったのに。

（……せめてゆっくり入ってよう）

意趣返しとまでは言わないが、ま、それくらいしても許されるだろ。

人の家の風呂は落ち着かないのが普通だが、りりさの家の風呂は子どものころと変わっていなかったので、不思議ななつかしささえ感じる。

りりさには悪いが、もう少しだけ――。

ゆっくりはできなかった。

「トウジー⁉　いるー⁉　いるよね？」

「……なんだよ」

入り口のスモークガラスに、りりさの影が映っている。

「ママがさぁ、もう一緒に入っちゃいなさいよって言うの！　私も汗だけ流したいし、ちょっとシャワー使わせて！」

「はあ⁉　いや、俺が入ってるんだが⁉」

「こっち見なきゃいいでしょ！　っていうか見たらぶん殴るよ！」

「いや待て待て待て……」

「入るから目ぇ閉じておいてね！　トウジなら大丈夫でしょ！」

「お前……っ！」

がら、と風呂の扉が開けられる。

俺は慌てて浴槽の隅を見つめて目を閉じた。本当に入ってきやがった、コイツ！

「こっち見んなよ～？　ま、トウジ、私に興味ないって言ってたもんね～」

「……だからって、男が入ってる風呂に突撃するヤツがあるか」

「子どものころはよく一緒に入ってたじゃ～ん？　ま、子どもだからだけど。お互い成長しちやったもんね」

「わかってるじゃねえか……！」

　りりさがシャワーを浴びる音がする。つまり本当に服を着ていないということ。

　りりさに背を向けて、目を閉じているからわからないが、なんとなく巨大な質量がたゆんたゆんと揺れている気配がする。

　いや、落ち着け俺。

　胸の揺れなんて、目を閉じてるからわかるわけない。気のせいだ。筋トレ中のりりさの胸がまだ頭に残ってるだけ。

「トウジは知らないと思うけどさ、私、汗もヤバいのよ。おっぱいの裏が蒸れて蒸れて、汗疹ができると、もう夏とか地獄なわけでさ」

「……」

「だからさっさとシャワーで汗だけ流したいの！　あとでちゃんとお風呂入るよ！」

　胸に関する悩みを引き合いに出されると、こっちも強く言えない。

　男としてはなめられている気がするが、実際、りりさにとって俺はあくまで幼馴染でしかないのだろう。

身体がデカくて、顔の怖い、ボディガード兼幼馴染。

りりさにとってはそれだけの相手。

——まあ別に、俺にとってもりりさはあくまで幼馴染であり、それ以上ではない、はずだ。

だからなにも問題はない。

問題ない——よな。

「ふー、いい気持ち」

シャワーの音が止まる。

りりさが汗を流し終えたらしい。

「トウジ、本当にこっち見なかったね。まあ、見たら容赦しないけど」

「……ボディガードだからな」

「？」

視界はまだ暗いままで、なにも見えない。

りりさがどんな顔をしてるかもわからない。

ボディガードを引き受けた俺が、りりさの身体や心を傷つけるようなことをしてはいけない
——と強く思う。

まあ、だからといって、りりさが気軽に風呂場に突撃していいわけじゃないが！

「汗流したから、私もう行くね。トウジは私が体をふいた後にごゆっくり〜♪」

「さっさといけ！」

風呂場から出ていく音がしても、俺はまだ目を閉じたままだった。

脱衣所でりりさが鼻歌を歌っているからだ。りりさの気配がしなくなるまで、俺は固く目をつぶっていた。

「……もういいな」

りりさの気配が脱衣所からも消えてから、俺はやっと目を開く。

本当に何考えてるんだ、あの女は。

すぐそこの洗い場で、全裸の幼馴染がいたと思うと、なんだかむずがゆいような、落ち着かない気持ちになる。

「……全然落ち着かねぇ」

心臓がうるさい。

俺は息を吐いて、浴槽に体を沈めるのだった。

風呂から上がる。

リビングに向かうと、りりさの母・璃々栖さんが食事の支度をしていた。

手料理を並べている。メニューはバンバンジーのようだ。筋トレ後の食事としては理想的である。

「璃々栖さん……」

「トウジくん、お夕飯食べていくのよね？」

「ええまあ――いや、そうじゃなくてですね」

俺は呆れる。

一緒に風呂に入ってしまえ、などと言ったのは璃々栖さんである。

「困りますよ璃々栖さん。いくら幼馴染だからって、俺が入ってるのに一緒に、だなんて……」

「あはは、ごめんなさいね！　つい子どものころの感覚で言っちゃったけど、よく考えたら二人とも高校生だもんね？」

璃々栖さんは無邪気に笑う。

なにか考えがあったわけではなく、ただ本当に、小学生の時と同じ調子で俺たちを扱っているだけのようだ。

「そうっすよ。思春期なんで……その、気を遣ってもらえると」

「次からは気を付けるわ。なんていうか、トウジくんがまた来てくれたから、私も嬉しくなっちゃったみたいね」

「……？」

「だって、あの子、ずっと落ち込んでいたんだもの」

璃々栖さんが目を伏せる。

「やっぱり、ほら、りりさはあの体だから、色々と大変でしょう？　好きだった水泳もできなくなって……って、これトウジくんに言って良かったかしら」

「まあ……りりさからある程度は聞いてますが」

「そう。じゃあ、言ってもいいかな。ボディガードだものね」

璃々栖さんが、ちらりと目線をリビングの外に向けた。

りりさが聞いていないか、気にしているのだろう。

「あんまり親には言わないけど、やっぱりりりさは、気にしてるみたいなの」

「ええと、胸のこと――ですよね」

「そうね。日常生活も大変だし、生活も色々変わったけれど、なにより水泳ができなくなったことが辛いみたいで。だから、家で口数も減っていたんだけど」

そうだったのか。

あくまでもりりさは、学校では元気に振る舞っていた。そりゃ顔を曇らせることもあったけれど、基本的には前向きで。

それはりりさなりに、気丈に振る舞っていたということか。

「でも、最近はちゃんと元気みたい。トウジくんに再会できたおかげだと思うの」

「それは……関係ないんじゃ」

「ううん。親ですもの。わかるわよ。ちゃんと、家の外でも信頼できる相手がいてくれるのが嬉(うれ)しいのよ」

璃々栖(りりす)さんを通して、りりさからいかに信頼されていたか、改めて感じる。

決して軽く考えていたわけじゃないが。

りりさにとって、ボディガードという役割は、思った以上に重いのかもしれない。

「まあ……俺にできることはしますよ。今日みたいに」

「ふふ、そうね。あの子、やっぱりあの体だから、健康でいるだけでも大変なことよ。どうかりりさを見てあげてね」

「はい。任せてください」

俺が頷(うなず)くと、璃々栖(りりす)さんがくすくす笑う。

「なつかしいわね」

「……へ？」

「覚えてないかもしれないけど、あなたたちが子どものころ、プールに行く時に、私が言ったのよ。『りりさを見てあげてね』って」

「そ、そうでしたっけ？」

まったく覚えてない。

璃々栖さんは笑いをこらえながら。

「その時も任せてください、って言ってたわ。トウジくん」

「や、やめてください。全然覚えてないんで――もう子どもじゃないんです」

「ふふ、そうよね。久しぶりに会ったからかしら、トウジくん、子どものころと同じに扱っちゃって……もう高校生だもんね」

しみじみ言う璃々栖さん。

マジで子ども扱いしていたから、一緒に風呂に入れ、なんて無茶苦茶を言ったのかもしれない。勘弁してほしい。

「いやホント、お願いしますよ」

「そうね」

璃々栖さんは人差し指をたてて。

「でも、今の話……りりさに知られたら、『恥ずかしい』って怒られちゃうから、りりさにはナイショね」

「――言えませんって」

「そうよね。ふふ、ボディガードがトウジくんで良かったわ」

璃々栖さんが、笑顔を見せる。

この人も俺と同じで、りりさのことを心配していて、けれどできることに限界があって、歯がゆい思いをしていたのかもしれない。

ボディガードの役目を頼まれるまで、俺自身がそうだったのだから、よくわかる。

ボディガードという役割を、幼馴染に頼んだことで、璃々栖さんもようやく安心できたのかもしれない。

「そうっすね……俺も、がんばります」

「なになにっ！　なんの話ーっ⁉」

「っ！」

などと言っていると。

リビングに、パジャマを着たりりさが飛び込んできた。もこもこしたファーがいっぱいのパジャマだが。

胸がデカすぎるせいで、上の丈が足りていない。ちらちらと腹が見えてしまう。

「なんでもねえよ」

「えー！　なによそれ！　教えてよぉ！」

「本当になんでもないから」

「はぁ～⁉　トウジのくせに生意気！」

俺のごまかし方がヘタなせいで、りりさが納得してくれない。

俺の腕を引いて、教えろ教えろとせがんでくる。こいつ、ちょっと近づくと胸が触れそうになることに気づいていないのか？

（気づいていないのかもな、本当に……）

自分の部屋でも、胸が大きすぎるせいで物を落とすと言っていた。あまりに胸がデカすぎるせいで、感覚が鈍かったりするのだろうか？

――胸のせいなのか、単にりりさが大雑把なせいかわからない。

「はいはい、りりさ、お皿並べるの手伝って。今日はトウジくんも食べるんだから」

「あ、そうだった。いっぱい食べなさいよトウジ」

なぜか作ってもいないりりさが偉そうである。

「言われなくても食べるよ」

なにしろこちとら男子高校生。

育ちざかりである。

俺はりりさの後に続いて、食器を並べるのを手伝った。食器の位置もなにもかも、子どものころからさして変わっていなかった。

「……ふふ♪」

璃々栖（りりす）さんが、そんな俺たちを見て、少しだけ笑う。

俺が、りりさのボディガードになるだけで。りりさが、ひいては美濃（みの）家が、少しでも前向きになれるというなら。

これくらいお安い御用だった。

「また筋トレ見てやるよ、りりさ」

箸を並べながら言うと、りりさはうぇぇ、と泣きそうな顔になるのだった。

3. 幼馴染とプールと水着

俺がりりさのボディガードとなってから、早くも二カ月以上が過ぎた。

季節は7月に入ったばかり。気温も湿度もすっかり上がってくる。

ボディガードとして、今日もりりさと中庭で昼食を食べているが、そろそろ外で食べるのはキツイかもしれない。

まあ、もうすぐ夏休みだし心配することもないか。

「あ、トウジ、からあげちょうだい」

「あ、おい」

りりさが俺の弁当から、ひょいとからあげを奪う。

「んん～っ、美味(おい)しっ。トウジのお母さん、本当に料理おいしいよね」

「そりゃまあ、料理教室やってるくらいだからな」

俺の母親は、料理講師。

俺たちが子どものころは、璃々栖(りりす)さんも母の教室に通っていたことがあるくらいだ。

だから作る料理は本当に美味い――たまにしか弁当を作ってくれないのが残念であるが。

そしてその『たまに』を狙って、りりさがおかずを奪い取ってしまう。

「あんまり食べると太るぞ」

「へっへーん。胸に行くからいいもんね！」

「それ以上デカくなったら困るだろうが……」

「うん、マジ困る。どうしよ……やっぱ食べるの控えようかな」

自分で振った話題に、自分で凹むヤツがあるかよ。

そんなことを言いつつも、母謹製のからあげはしっかり腹に収めるりりさである。

「ってかさ、トウジ」

「ん？」

「結局トウジは部活入らなかったね。ウチの水泳部も、そこそこ成績いいのに」

「あー、三年前にインターハイ行った選手がいたとか」

「すごい先輩もいたもんだよ。それで……その、トウジはいいの？」

りりさはおずおずと聞いてくる。

尋ねたりりさも、きっとわかっている。俺が部活に入っていないのは、新年度早々に、りりさのボディガードを始めたからだと。

りりさの登下校から、昼休憩。そして休日の外出まで、俺はりりさにつきっきりだ。

バイトの日はさすがに遠慮してもらっているが、傍(はた)から見れば四六時中、一緒に行動をしている。

当然、部活動を始めていれば、そんな余裕はない。

「まあ、バイトもしてるからな」

「あ、そ、そうだよね」

りりさが眉を下げた。申し訳ない、と思っているのだろう。

「……そういえば、俺、なんのバイトしてるか言ったっけか」

「？　聞いてないけど」

「市民プールの監視員」

「そうだったの⁉」

「たまにバイト終わったら少しだけ泳がせてもらってるよ」

誰もいないプールで泳ぐのは結構気持ちいい。もちろん、わずかな時間だけだが。

「はー……まあ、トウジ、泳ぐの大好きだもんね。納得だわ」

りりさが、はあ、とため息をつく。

泳ぐのが好きなのは、りりさもそうだろう。なんなら俺より好きだったのに。

ため息の中にどれほどの感情があるのか、俺はわからなかった。

「——ま、もうすぐ水泳の季節だしな」

「だね〜。ああ〜。話してたら行きたくなってきたぁ」

足をバタバタさせて、りりさが唸る。

行きたくても行けない。胸が大きいりりさが、プールに行くというだけでどれだけ衆目を集めるか、俺もよくわかっている。

「なあ、とりあえず、りりさが着れる水着はあるのか？」

「……一応、持っては、いる」

りりさが目をそらしながら言う。

彼女としては不本意なデザインの水着なのだろう。

どういうものかはわからないが、競泳水着のようなスタイリッシュなデザインでも、流行の可愛い水着でもないことは想像がついた。

「ま、水着があるならいいじゃねえか。プール行くぞ」

「はあ？　話聞いてた？　今の私じゃ、ろくにプールなんて……！」

「人目を気にするから行けないんだろ。貸し切りだったらいいよな？」

「貸し切りなんてできるわけ……」

りりさがはっと息をのむ。

「できるの⁉」

「なんのためにプールでバイトしてると思ってるんだ？　貸し切り3時間で3万円だってよ」

「マジで⁉」

俺も調べてみて驚いたが。

なんと地元の市民プールは、高校生でも手の届く金額で貸し切りができる。

「本当は団体客用の制度らしいんだけどな。上の人に事情を話して、特別に貸してもらえるようにしたよ。本当は監視員さんがつくけど、俺も監視員やってるから今回はいない……正真正銘、プールは二人だけの貸し切りだ」

「えええ？　ま、マジで……⁉」

「予定を決めればいつでも貸し切りにできるぞ」

「そうだったの、準備よすぎる……」

りりさが目を丸くしている。

本当に貸し切ってしまうことは、りりさにとっても予想外だったようだ。

「えっ、てことは……トウジのバイトって、そもそもプールを貸し切るための……？」

「いや、別にそれだけじゃないけどよ……」

「……トウジぃ」

りりさが目をうるませていた。

「やめろそんな目で見るな。恥ずかしくなる。バイト代が欲しかったのも本当だし……別にお前のためじゃねえから！」

「なんでアンタがツンデレてんのよぉ」

りりさがうるんだ目元をぬぐいながらも、笑顔を見せる。

「でも――うん。嬉しいかも。泳ぐの、本当に久しぶりだしっ」

「そうか、良かったな」

まあ。

照れ隠しで言ってしまったけれど、本当はプールでのバイトも、貸し切りのためにあれこれ準備を進めたのも。

多分、全部、りりさのためである。

りりさにまた、気兼ねなくプールで泳いでほしい。そのためなら、別にどうってことない手間と出費だ。

――なんといっても、俺はりりさのボディガードなんだから。

「……あ、でも、貸し切りっていってもトウジはくる……よね？」

「そりゃまあ。貸し切りにするの俺だし、万が一のこともあるから一人にはさせられない」

りりさが溺れるというのは考えづらいが。

なにか事故があったとき、誰も助けられない環境はやはりマズい。

「そう、そうだよね。私も一人でプール行っても楽しくないし……うぅ～ん、でもぉ……」

「なんだよ、素直に喜べよ」

「嬉しい、嬉しいんだけどぉ」

りりさは頭を抱えて唸ってしまった。

そのまましばらく悶えていたが、やがて俺をちらっと見て。

「……私の水着見ても、ヒかない？」

「――いや、大丈夫だろ」

「今、間があったんだけど⁉」

「ヒく水着姿ってなんだろう、と思ってな……」

どうやらりりさは、自分の水着姿を気にしているらしい。

まあ、凶器にもなるくらいの大質量の胸を持っているのだ。水着姿ともなれば、その迫力は制服の比ではないことは想像がつく。

だが。

「俺はガキのころからお前の水着姿なんて見慣れてるし、今更平気だろ」

「うう～、でも、やっぱり色々と成長してるし……持ってるヤツだって、サイズがあってるとは言えない水着だもん……」

「だから貸し切るんだよ。俺は気にしないから、せっかくのプール楽しめよ」

そりゃ、慣れてない男がりりさの水着姿を見たら、動揺するかもしれないが。

俺もボディガードになって二カ月以上経ってる。りりさのデカい胸にもそれなりに慣れた

──つもりだ。

水着になったところで動揺したりしない。

「ちょっとサイズがあわないとか、可愛いデザインがないとか、今更だろ。筋トレ用のウェアと大して違わねえよ」

「う～ん……ま、まあ、トウジがそう言うなら大丈夫かな？」

あれから、筋トレのために何度かりりさの家を訪れている。

そのたびにりりさのフィットネスウェアも見ているわけで──まあ、水着ともなればもっと過激ではあるだろうが。

俺は平気だ。何故なら幼馴染だから。

「じゃあ、えと──プール、行く」

「はいはい。貸し切りの予約しておくからな」

「いい？　何度も言うけど、絶対、ぜ～ったいヒかないでよ⁉　絶対だからね！」

「わかったって」

やたら念を押されるのが少し気になる。

しかし、その後、『プール、プール♪』とご機嫌なりりさを見れば、彼女がどれほど喜んでくれたかがよくわかる。

俺もわざわざバイト代を貯めた甲斐があったというものだ。

――りりさと泳ぐのは、いつぶりりだろうか。

二人とも高校生になったけれど、たまには童心に返ってプールで遊ぶのも悪くはなさそうだった。

俺のバイト先は、地元の公園にある市民プールである。

大して広くもない、ごく普通の市民プールだが、一応は競泳用のコースや、幼児用のプールも揃(そろ)っていて、市民からの人気は高い。

土日ともなれば、人でいっぱいになることもある。バイトとはいえ、監視員をしていると気が抜けないことも多い。

ただ、今日は誰もいない。

(おお、使い放題……!)

競泳用のコースも、誰にも気兼ねなく使うことができる。

泳ぎ放題のプールはやはり元水泳部としてテンションが上がる。

上司への交渉や、バイト代の節約など、色々大変ではあったが、こうして実現できるとやはり気持ちがいい。

事情が事情なので、上司には、りりさのことを包み隠さず話してある。快く貸し切りを承諾してくれた。

（貸し切り最高……！）

俺たちは、学校を終えてそのまま、市民プールへとやってきた。

事前に貸し切りの申請をしていたので、事務室で働く数名の職員さん以外、人の気配はない。

更衣室の前でりりさと別れて、俺は競泳水着に着替えて、プールサイドでりりさを待っていた。

「……にしても遅いな、アイツ」

泳ぐ前のストレッチをこなしながら、りりさを待つ。

女性の着替えは時間がかかるだろうが、それにしても遅い。

――まあ、あの胸で、日常生活に色々困っているりりさだ。ひょっとすると水着を着るのも一苦労なのかもしれない。

俺は体を伸ばしながら、一人でりりさを待つと――。

「ごめーん、お待たせぇ！」

りりさの声がする。

プールの入り口にある消毒槽にじゃぶじゃぶとつかりながら、りりさがこちらへ近づいてくるが――。

「………………は？」

思わず、妙な声が出た。

「いやぁ、ごめんトウジ、この水着、着るの結構タイヘンで……」

「水……着？」

水着とはなんだったか。

りりさが着ているのは、俺がよく知っている競泳水着とも、一般的なファッション水着とも違う。

一言で言えば、ヒモである。

胸と腰を覆う布地以外は、ヒモで構成されたタイプの——まあ、高校生が着るにはあまりに過激な水着だった。

ライムグリーンの水着はまぶしくて快活な印象だが、とにかくりりさの身体に対して布地が少ない。

当然、りりさの肌はほとんどが露わになっているし。

なにより、胸にある質量がとんでもない。普段のように下着で押さえつけているわけでもないから、りりさが歩くたびにばるんばるんと弾んでいる。

りりさの胸の深い渓谷が、なんとかヒモと布で溢れないように留められている——といった様子だ。

予想外の水着の登場に、唖然としていると。

「……ヒかないって言ったのに」

りりさが、ジト目で唇をとがらせていた。

「いっ、いや、違う、ヒいてたわけじゃない！　ただ、その……少しびっくりしただけだよ。なんだよその水着」

「仕方ないでしょ～？　普通の水着は着られないんだから。サイズが全然あわないから、私の身体に合わせるためには、ヒモで調節するタイプの水着じゃないと……」

「なるほどな」

胸がデカすぎて、そもそもワンピースや普通のビキニは着れない。

ちょっとサイズが合わないというレベルの話ではなく、そもそも着用すること自体が不可能、という意味か。

「……トウジ、見すぎ」

「う」

「なぁにが私の水着姿は見慣れてる、よ。めちゃくちゃ見てくるじゃん。やらし～！」

「し、しかたねえだろ」

中身がぱんぱんに詰まった果実のような胸を隠すには、ビキニの面積が明らかに足りていない。布地の上下左右から、りりさの白い肌が見えてしまう。

まあ理屈はわかる。りりさのカップが収まる水着がなかったのだから、小さめの水着をなんとか活用するしかないのだ。

よくよく見れば、水着のヒモは既製品ではなかった。途中から別のヒモで長さを付け足されている。そこまでしないと、りりさが着れる水着にならない。

「一応ね？　オーダーメイド頼んでる人にお願いして、既製品をなんとかアレンジしたんだけどさ……やっぱり、似合ってないよね？」

「────」

眉根を下げて落ち込むりりさ。

いや、違う。

俺はそんな顔をさせるために、わざわざこのプールでバイトして、プールを貸し切ったわけじゃない。

照れるな。動揺するな。幼馴染なんだろ。

「いや、りりさ、最高に似合ってる」

「そ、そう？　お世辞でしょ？」

「いや、すっごく似合ってる。かわいい水着だと思う。安心しろ」

いま、りりさに似合ってると言ってあげられるのは、俺だけなのだから。

りりさは最初は、『どうだ』とばかりに胸を張っていたが──。

「かわいい。すっごくかわいい。よく似合っている。完璧！　天才！」

俺が何度も言っていると、次第に背を丸めて水着を隠し始めた。

「……う。あ、ありがと、でもね」

「どうした」

「あんまり言われると……嬉しいけど、ハズい、かも」

「ワガママだな……」

「乙女心は複雑なの！　あとトウジ、褒める言葉のバリエーション少ない！」

「水着褒めたことなんてないからよ……」

りりさがもう、と頰を膨らませる。

まあ、恥ずかしいと言いつつも、りりさが喜んでいるのが伝わってくるので、今はそれでよしとするべきだろう。

「とりあえずトウジ！　浮き輪膨らましてよ！」

照れ隠しなのか、りりさが、空気が抜けて折りたたまれた浮き輪を渡してくる。新品であった。今日のために用意したらしい。

「はいはい。お前は来たばっかりなんだから柔軟しとけよ」

「わーかってるってー」

りりさが柔軟を始める——が。

彼女が体を動かすたびに、デカい胸がばるんばるん揺れる。ただでさえ露出度が高いのに、遠慮なく体をひねる、かがむ、あるいは胸をそらすなど。

どれもこれも、りりさの胸を強調する動作に見える。

「しっかりやれよー」

俺は平静を装って、りりさに声をかけた。

うかつにりりさのほうを見ることができない。

浮き輪を膨らませながら、りりさを気にしないように努めたのだが——柔軟のたびに揺れる胸が容易に想像できてしまって。

どうにも集中できないのであった。


市民プールは、大きく分けて2種類のプールがある。

外側で円を描く形で一周する、流水プールと。

そして、流れるプールにぐるっと囲まれている、長方形型の競泳25メートルのプールである。

りりさはまず、俺が膨らませた浮き輪を持って、流れるプールへと入っていく。

デカい胸までプールに沈んだところで、浮き輪の穴に腰をおろして、ぷかぷかと水の上に浮かんだ。

はりきってデカい浮き輪を買ったのか、膨らますのが大変だった。りりさの臀部がすっぽりと浮き輪の穴に収まる。

ここまで浮き輪のほうがデカいと、なかなか自分では泳げなさそうだ。りりさは浮き輪の上部に突き出した両手両足をじたばたさせる。

「トウジ～！　押して押して！」

「はいはい」

　俺もプールに体を沈めて、泳ぎながらりりさの浮き輪を押していく。

　流れるプールなので、勝手に浮き輪は流れていくだろうが、まあ、浮き輪もデカいので誰かが制御したほうがいいだろう。

「う～ん、誰もいないね……」

「そりゃ貸し切りだからな」

「昔、夏休みに来た時とかはさ、もう人ばっかりで身動き取れなかったよね～！　あんときはほんと大変だったなぁ」

　ぷかぷか流されながら、りりさが笑う。

「今は私たちしかいないんだよね～！　なんか不思議な気分！」

「せっかく貸し切ったんだから、存分に堪能しろよ」

「うん！　……えへへ♪　ありがと、トウジ！」

　りりさはほほ笑んでから、人のいないプールを見渡す。

「だ～れも見てないと思うと、なんでもできちゃうよね！　なにしよっか？」

「……禁止されてることはダメだぞ」

「あははっ！　子どものころ、飛び込みをやって、監視員さんに怒られちゃったよね～！　なっつかしいな～！」

思い出話に花が咲く。

りりさも泳ぐのは好きなはずだが、とりあえず浮き輪でぷかぷかと回っていくのが楽しいらしい。小さいプールなので、そんな話をしているとすぐに一周してしまう。

りりさはふう、と息をつく。

身体を折り曲げて、浮き輪に入っている状態なので、きっと胸が支えられて楽なのだろう。

「あと、一応、事務室で見てる人がいる。万が一の時にな」

「そうなの⁉　じゃあ飛び込みできないじゃん！」

「だからダメだっつってんだろ！」

「あはは、冗談冗談～っ！」

りりさが足をバタバタさせて、けらけら笑う。

誰もいない貸し切りのプールのせいか、妙にテンションが高いな、コイツ。

などとやっていたせいか。

「のわっ！」

浮き輪が大きくバランスを崩す。もともと、りりさの体格に対してデカい浮き輪なのである。足をやたらとばたつかせるからだ。慌てて浮き輪を支えようとするが間に合わない。

「っ！」

りりさがひっくり返る。

水しぶきをあげて、りりさが頭からプールに突っ込んだ。

「げほっ……えほっ……っ！　うえぇ～、水のんだぁ……けほっ！」

「おい、大丈夫かよ」

とはいえ。

りりさも水泳経験がある。ちょっと浮き輪で転覆したところで大丈夫だろう。

「んん、ちょ～っとびっくりしたけど平気～！」

りりさは水中で浮き輪を掴み、ひょこっと顔だけを穴から出した。

「ん？　あれ、なかなか出ない……」

「りりさ？」

「んん、ちょっと待ってね……よっこいしょ、っと」

りりさが流水プールで器用に泳ぎながらも、浮き輪から上体を出そうと、腕を伸ばして浮き輪を掴んでいる。

最初は、なにをしているんだと思ったが。

すぐに気づいた——りりさのデカすぎる胸が、浮き輪の穴にひっかかっているのだ。

「ほっ！」

「っ！」

やがてりりさの上半身が、勢いよく浮き輪の穴から飛び出す。

「えへへ〜っ、復帰、復帰っ！」

浮き輪から上半身だけ出ているその光景は、別に何もおかしくない。

ただ、浮き輪のビニールにりりさのデッカい胸が乗って、やたらと強調されているだけだ。

ビキニからこぼれそうな双丘にどうしたって目が行く。

「？　どうしたのトウジ」

りりさがきょとんとしている。

ヤバい。プールが貸し切りなのを良いことに、りりさはいつもより人目を気にしていないようだった。

俺の精神が保たないかもしれない。

「な、なんでもねえよ」

「え〜うそ、なんかあったでしょ〜」

りりさが、バタ足でこちらに近づいてくる。当然、浮き輪で押し上げられている迫力満点の胸も一緒に近づいてくるわけで。

——どうしてお前はすぐに胸を見せつけてくるんだ。

「そりゃっ」

「ぎゃああっ⁉　──わぶぶぶっ⁉」

俺はりりさの胸を見ているのを知られたくなくて、浮き輪を下から持ち上げて、りりさを水面へと投げ出した。

すまん、りりさ。今回ばかりは俺の煩悩が悪い。

「んもー、やったなぁ！」

りりさはすぐに水中で姿勢を戻した。

もはや浮き輪は放り出して、両手で水をかけてくる。

しばらくそんな風にして、りりさと水をかけあった。実に他愛無い、高校生がするには幼稚ともいえる水遊び。

しかし、りりさは屈託なく笑っている。

こんなことも、胸のせいでしばらくできなかったのかな、と思ってしまう。

しばらくの間、誰もいないプールに、りりさの笑い声がこだましていた。

「はー、もう！　トウジのせいでびしょ濡れじゃん」

「俺のせいかよ」

りりさは文句を言いながら、プールサイドに上がる。

浮き輪を小脇にかかえて、濡れた髪をかきあげた。

必然、そういう仕草をすると胸を張る形になる。

上方へ伸ばした腕、脇からバストへ流れるラインが、爆乳のせいで信じられない急角度を描いている。いけないいと思いつつも目が行く。

「休憩するか？」

俺も散々、りりさに水をかけられた。

タオルで髪を拭きながら、りりさに聞くと。

「いーや、まだまだこれからでしょ！　トウジ、あんた体なまってないでしょうね！」

「どこ見て言ってんだ……」

自慢じゃないが、中学三年間、水泳で鍛えた肉体は伊達じゃない。

「ふふん、筋肉つけすぎたら重くなんのよ？　私とコースで勝負しなさい！　昔みたいにコテンパンに負かしてあげるわ！」

「――水の抵抗の多い体のくせに」

「ぼそっと言っても聞こえてんだからね！」

子どものころ、よくりりさと競泳勝負をしていた。

当時、イルカ女とあだ名されたりりさの瞬発力は、小学生離れしていたはずだ。

「プールは来れなかったけど、ちゃんと筋トレもしてたし、トウジに負けたりしないっての」

「……ほう」

やむを得ない事情があったとはいえ、りりさに水泳のブランクがあるのは事実。

一方、こちらはずっと水泳を続けてきた。子どものころはどうしてもりりさに勝てなかったが、今は果たしてどうか。

久しぶりのプールで、俺の闘争心にも火がついていた。

「相手してやるよ」

「ふふん♪　そうこなくちゃ」

外周の水流プールを通って、中にある競泳コースへ移動する。

2列になった25メートル競泳コース。市民プールなので混雑することも多く、普段はなかなか全力で泳ぐことができない。

だが今日はいい機会だろう。

「じゃ、50メートル勝負。壁スタートね」

「あいよ」

競泳では、スタート台からの飛び込みが普通だが、市民プールではスタート台もないし、そもそも飛び込みが禁止である。

こういう場合は、プール端の壁を蹴ってスタートするのが普通だ。

りりさの不敵な笑みがこちらを見つめていた。子どものころ、俺を負かしていたときのことでも思い出しているのだろうか。

両手を前に伸ばして、準備万端といった様子。

「いくぞ——よーい、スタート！」

俺は叫ぶと同時に、体を水中に沈めた。

プールの壁を、足の筋肉すべてを使って蹴り飛ばす。

反動で前に進むと同時に、水を掻いて前へと進む。抵抗の多い水中で、どれだけ抵抗少なく前に進めるかを意識する。

はっきり言って、俺にとっては25メートルなんて慣らしにもならない距離だ。息継ぎしないまま、十秒ちょっとで反対側の壁にたどり着く。

水中で体を反転させ、再び壁を蹴ってターン。

このくらいでようやく息継ぎ。

同時に、隣のコースのりりさを見る。

（……遅いな）

息継ぎの瞬間に見えたりりさは、ちょうど25メートルを泳ぎきる、というタイミングだった。

50メートルという短い距離の競泳では、逆転はなかなか起こらない。俺が先行したら、あとはそのまま俺の勝ちだろう。

昔を少し思い出す。

ガキのころは、りりさがいつも先を泳いでいた。

ほんの少しリードされているだけなのに、どれだけ泳いでも届かない気がした。俺に勝った時のりりさはいつでも得意げだった。

あのころは、水の中、りりさに絶対追いつけない壁があるように感じたのだが。

（……あっさり超えちまった）

数回のストロークを繰り返して、あっさりゴールする。

男女の違い、部活のブランク、理由はいろいろあるだろうが、俺はりりさにすんなり勝ってしまった。

「――ふう」

負けず嫌いのりりさはどんな顔をするだろうか。

俺は、隣のコースでゴールするりりさを見た。自ら顔を出したりりさは、しかしこちらを見てくれない。

慰めるべきか、それとも勝ち誇ってやった方が、りりさが発奮するだろうか。

俺が、りりさになんと声をかけるべきか考えていると――。

「……った」

「え？」

りりさが顔を上げる。

その顔は真っ赤だった――両腕はクロスさせて、巨大な胸を押さえている。

本来着ているはずの、ヒモみたいな水着が見えなかった。

「水着、ほどけた……」

「はあっ⁉」

「全力で泳いだから……その、ほどけちゃったみたい」

つまり。

今、りりさの上半身は裸ということで。

「ど、どこに落としたんだよ」

競泳コースを探してみる。

ちょうど真ん中くらいの位置に、りりさの水着が浮かんでいた。

「う、と、とってきて。私、いま動けないし……」

「あーもう！」

りりさが顔を真っ赤にして震えている。

俺は再び水中にもぐり、ぷかぷかと浮かんでいる水着のところまで泳いで、それを摑んでりりさの元へと戻る。

これがさっきまで、りりさの素肌に触れていた水着だということは考えないようにした。

「ほら、とってきたぞ。早く着ろ」

なるべくりりさから目をそらしつつ、水着を突き出す。

「……せて」

「ん？　なんだって」

「トウジが着せて」

「な、何でそうなんだよ⁉」

またも予想外の言葉に、思わずりりさのほうを向いてしまった。

りりさは両腕でも抱えきれない巨大な乳を、必死で押さえつけながら、恥ずかしさで顔を真っ赤にしてこちらを睨(にら)む。

「だ、だって、私いま、手が離せないし——」

「っ」

そうだ。りりさの両手は胸を隠すのに使われている。

りりさのやわらかくて巨大な胸は、まるで流体のように、おさえつけた彼女の手からその質量をあふれさせる。

子どものころに、りりさと一緒に食べたマシュマロを思い出した。りりさは柔らかいマシュマロの感触が好きだったのか、食べる前から、つぶしたり伸ばしたりして遊んでいたのだ。

——って、連想するのがそれかよ俺は！

「それにさぁ、結構結ぶの大変なんだからねっ！　私不器用だし……」

「わかったわかった」

うぅ……

ここでごねても仕方ない。

これもボディガードの仕事の一つと、俺は自分に言い聞かせる。

(それはいいけど……この水着どうなってんだ?)

わずかな布地と、ヒモだけで構成された水着のトップス。

一見すると、ほどけた状態では、上下さえもわからない。首にかけるヒモを見つけて、そちらを上にする。

「えーと、こっちが、こうで……」

「そうそう。そのヒモをまず首の後ろで結んで!」

「難しいな……」

りりさが着替えに時間をかけた理由がようやくわかった。これは確かに、一人でやるのは難易度が高い。

水着の布地を、胸を隠す手の上から、りりさの胸にあてる。そのまま、まずは首にかけるヒモを結んでいく。

——当たり前だが、なにも身に着けていない首から背中にかけて、相対することになる。

(無心……無心……ッ!)

胸はデカいくせに、首から背中は、女子らしく細い。

そのくせ、日ごろの筋トレの成果か、背中の筋肉はほどよく引き締まっている。本当に、水泳部をやめることになったのが惜しい。

「む、結んだぞ」

「じゃ、次、背中のヒモね！」

「わ、わかってるよ」

ヒモを引っ張って、背中に通す。

既製品ではヒモの長さが足りずに、別のヒモで継ぎ足している。おかげで結びにくい。こうでもしなきゃ水着を着れないりりさの苦労もわかる。

二度とほどけないように、キツめに結んでおく。

「うう、一人で結んだから、やっぱりゆるかったのかな……」

「……まあ、仕方ないだろ」

「恥ずかしぃ……」

りりさはすっかり赤くなって、縮こまっている。

「ほれ、結んだぞ」

「う〜、直すからあっち向いてて」

言われたままに背を向ける。

「んしょ、んんっ、しょ……っと」

後ろのほうで、りりさがごそごそやってる気配を感じた。

そもそもサイズの合ってない水着なのだから、デカい胸をカップに収めるのに苦労しているのだろう。

人が風呂に入ってる時は平気で突撃してきたくせに、こういうところは恥ずかしがるのか、という理不尽さも感じるが。

「んっ、よし、おっけぇ！　もういいよ、トウジ」

「はいはい」

りりさへと向き直る。水着を着ているという当たり前の状況なのに、やたらとほっとしてしまう自分がいた。

「ねえ、トウジ――水着ズレたとこ、見てないよね」

「見てねえよ」

俺は即答する。

実際に見ていない、という理由もあるが――ここでちょっとでも迷うと、りりさに不安を与えるのがわかっていた。

「……ホントだ。嘘ついてない」

「嘘なんかつかねえよ」

「いや、アンタが嘘ついたらわかるからね。私の前では正直になりなさいよ」

「配慮とか気遣いは嘘とは言わねえんだよ……」

こっちがあれこれ考えていても、りりさは見抜いてくる。

これだから幼馴染は大変なのである。

「まあ、見えなかったなら良し！　結果オーライってことで！」

「……こっちは、どっと疲れたけどな」

りりさの水着のおかげで、この騒ぎである。

とはいえ、りりさが悪いわけではないので、強く言えない。

――プールを貸し切って良かったと、心の底から思うのだった。

「なぁに疲れてるのよ、トウジ！　私まだまだ泳ぎ足りないんだけど!?　もっと付き合ってよ、トウジ！」

「お前な。また水着ほどけたらどうすんだ」

「こ、今度は大丈夫だもんっ！」

本当かよ。

疑わしく見つめる視線に、りりさは頬を膨らます。

「それに！　水泳勝負も終わってないからね！　次こそ私が勝つんだから！」

「……わかったわかった」

さすがにこちらもプライドがある。女子に負けるつもりはない。

りりさに思いっきり泳いでもらうのも、今日の目的の一つである。

「とことんまで付き合ってやるよ。先に音をあげるなよ」

「トウジこそ!」

一度負けたというのに、りりさは不敵な笑みを崩さないのであった。

それから、りりさと競泳コースを何十往復もした。

結論から言うと、最後のほうは俺が先にバテてしまい、りりさに負けてしまった。りりさはどれだけ泳いでもけろっとしている。

筋力もフォームも自信があったが、持久力だけはりりさの勝ちであった。

「いやぁ~! やっぱり水泳で勝つのは最高ッ!」

プールから上がり。

着替えた俺とりりさは、施設内の自販機でアイスを買って食べていた。

チョコミント味のアイスは、りりさが子どものころから変わらない好物である。

りりさが勝ったのは最後の1レースだけなのだが、そんなことは都合よく忘れて、勝利の余韻に浸っている。

「お前、またチョコミントかよ」

「またってなに? アンタだってラムネ味じゃん。子どものころから一緒一緒」

「……そうだな」

好物のフレーバーが、お互い変わっていない。

子どものころも、二人でたっぷり泳いだあとに、同じ味のアイスを食っていた。

お互い、体はデカくなっても、こういうところは子どものままで――味覚なんて、これからもそんなに変わらないかもしれない。

「でも、トウジはちょっと変わったかも」

「……見た目の話か？」

「ううん。今日もさ、プール貸し切ったり、水着が流されたときに色々気を遣ってたりして
……なんていうかさ、ちゃんと気配りのできる男になったよね」

わかってるなら、人の気遣いを素直に受け取ってほしいものである。

「もう子どもじゃないってことだ」

「そうだね。私に水泳で負けて泣いてたころとは違うんだね」

「ばっ、な、泣いてねえし!?」

細かいことまでよく覚えている。

負けて悔しかったのは事実だが、さすがに泣いてはいない――はずだ。

「ねえ、トウジ、私の水着、どう思った？　やっぱり変だったかな？」

「――」

なんと答えるべきだろう。

はっきり言って、露出も多いし、今日みたいにふとしたことで脱げてしまうし、ちゃんとした水着とは呼べない。

だが、りりさの言うように、ヒいたわけではない。彼女の抱える事情も理解できる。

それに――水着を着てはしゃぐりりさを見れたのが、心底良かったと思っている。

「……別に変だとは思わない」

「ほんとぉ？」

「本当だ。でも――あんまり、俺以外の前で着るなよ。ちょっと過激だからな」

「うん。そ、そうだよね、トウジの前だから油断してたけど……やっぱりちょっとヤバいよね」

「まあ、こればかりは仕方ないことだしな。またバイト代貯めて、プールを貸し切るから、その時まで泳ぐのは待てよ」

「――うん」

りりさは。

食べていたアイスを飲みこんで、遠くを見つめていた。なにかを決意したような表情。

「あ、あのさ、トウジ」

「なんだよ」

直截にものを言うりりさが、言うのをためらってる。

「私、いま、ちょっとスカウトされてて」

「は？」

俺は唖然(あぜん)とした。

今までも、りりさがスカウトに声をかけられることがあった。大半は、怪しいビデオだのグラビアだの、りりさの胸目当てのろくでもないものだった。

そういうのを全部断るために、俺を連れて街を歩いているのだ。

ひどいものになると、事務所の名刺さえ出さない、明らかに虚偽のスカウトもいたりした。

もちろんそういうヤツらは全員追い払ってきたのだが。

「ファッションモデル、なんだけど……水着もあるらしくて」

それはグラビアとどう違うのだろう。

俺にはよくわからなかった。

「断るんだろ？」

「ううん。実はちょっと、考え中で」

「考え中って、お前——」

「トウジの考えてるような、変なとこじゃないよ。ママの知り合いの人なの。前々から声をかけられてたんだけど」

そういえば、璃々栖(りりす)さんは元グラビアアイドルだった。

りりさが、水着がどう見えるか気にしていた理由が、やっとわかった。この話を踏まえて、変じゃないか悩んでいたということだ。

「ねえトウジ、私と一緒に、話を聞きに行ってくれない？」

「俺が？」

「他の人の意見もほしいし……それにほら、トウジなら私のことよくわかってるじゃん？」

「────」

信頼されて、いるのだろう。

そしてそれ以上に、りりさは不安なのだろう。自分一人で決められることではない、と感じているのだ。

下手をすれば自分の進路に関わることだ。おいそれと決められない。

「わかった。付き合うよ。それに、どのみちボディガードだからな。俺が行かないと、お前、電車に乗るのも困るしな」

「むー。なんか子ども扱いしてない!?」

「してねえよ」

こっちは自分の進路なんて、まだまだ遠いことだと思っている。なにしろ高校に入学したばかりである。

なのにりりさは、もう先のことを考えている。

素直にそれは、えらいと思えた。

「モデルになっちゃったら、私、トウジなんか手の届かないくらい人気者になっちゃうかもよ？　わかってるの？」

「実感わかねえな」

「なんでよ！」

幼馴染が、そんな存在になるなんて想像つくわけもない。

ただ、ふと想像してみる。

コンビニで売っている雑誌に、水着姿のりりさが掲載されているところを。

「……？」

なんとはなしに、イラっとしてしまった。

その苛立ちがなにに起因するものなのか、自分でもよくわからない。

ただ、ちょっとだけ怒りに体が火照る気がしたので、俺は手元のアイスをさくさくとかじってしまった。

「トウジ、お腹空いてんの？」

「あれだけ泳いだからな」

りりさの言葉に対して、俺は適当にごまかす。

ふと湧いた感情がなんなのか、自分でも説明できる気がしなかった。

りりさとプールで遊んだ、次の週末。

早速りりさと待ち合わせて、スカウトさんに話を聞きに行くことになった。

りりさとやってきたのは、都内の喫茶店だった。

チェーン店ではない、レトロな雰囲気の店構え。こういう場所に学生を呼び出すのはどういう人だろうと考えた。

「お待ちしておりました」

果たして。

喫茶店には、メガネをかけたスーツ姿の女性が待っていた。

女性にしては背が高く、スレンダーな印象。髪も後ろで結っていて、パリッとした仕事のできそうな会社員といった感じ。

――というか、りりさを見慣れているせいか、細身の女性が二倍増しで細く見える。

「利根(とね)さん、お待たせせっ」

りりさが親し気に声をかける。

席に着くと、利根さんと呼ばれた女性が頭を下げる。

ブラックコーヒーのいい香りが漂ってきた。

「いえいえ、全然待っていませんよ。そちらが噂のボディガードくんですね」

「は、はあ、どうも——」

「私は利根アリカと申します。ファッション誌の編集をしております。どうぞよろしくお願いしますね」

利根さんは、慣れた手つきで名刺を差し出してくる。

ていうか、この人にまでボディガードの話が通ってるのかよ。

「ええと、手代木トウジです——よろしく」

ちゃんとした大人から名刺を差し出されたのなんて初めてだ。

受け取り方に作法があるとか聞いたことがあるけど、具体的なやり方なんてわからぬまま受け取ってしまう。

特に咎めることもなく、利根さんはにっこりとほほ笑んだ。

「利根さんは、中学のころから色々話を聞いてくれてるの。だから信用できる人だよ」

「？　話って……？」

「胸の話」

りりさが説明してくれているのだが、内容がふんわりしすぎていてよくわからない。

「私からご説明しますね」

利根さんが、穏やかに引き継いだ。

「弊社は主にファッション誌を手掛ける出版社なのですが、系列企業にはアパレル系の会社もございまして、一部の店舗ではオーダーメイドも承っております。そのご縁で、りりささんに専用服のオーダーを仲介させていただいております」

「オーダーメイド……というと、デカい胸の服を？」

「はい。オーダーメイドということで、いささか割高にはなってしまいますが、りりささんには必要なものでしょうし」

そういえば、特注で頼んでるところがあるって言ってたな。

「……あれ？　確か、りりさのお母さんの知り合いって」

「はい。それは私の上司、編集長のことですね。美濃璃々栖さんがグラビアアイドルだった時代に、大変お世話になったと聞いております」

「その縁で、今はりりさの服を作っている……ってことですか？」

「正確にはあくまで系列企業への仲介、ご紹介ですが。とはいえ、りりささんからは日常生活の不便さをたくさん伺っております。これまでもこれからも、なにかと便利な相談役、くらいに理解していただいて結構ですよ」

利根（とね）さんはほほ笑む。

りりさのほうを見れば、彼女もニコニコしていた。

どうやら俺や璃々栖（りりす）さん以外にも、りりさが信頼して相談できる相手がいるようで、ほっとした。そりゃ俺だけなわけないのだ。

「とはいえ、こちらからもお願いがありまして」きた。

そもそもは、りりさがスカウトされてる、という話だった。

「りりささんには、弊社のファッション誌に、モデルとして出演していただきたいと思っています」

「モデル……って」

利根（とね）さんの本業はファッション誌の編集ということだったから、モデルを探すのも彼女の仕事、ということか。

「……あの、本当にコイツで良（い）いんですか？　りりさ、水泳ができるだけでただの一般人ですよ？」

「うっさい！」

ばし、と強めに叩（たた）かれる。

しかし、利根（とね）さんがなにを目当てにりりさをスカウトしたのか、きちんと聞いておかなくてはならないと思った。

街で出くわすろくでもないスカウトのように、胸目当てではない、と信じたいが。

「いいえ、りりささんのポテンシャルは素晴らしいです！」

クールに見えた利根さんが、拳を握り、目を輝かせた。

「もちろんビジュアルも素晴らしいのですが、やはりプロポーションです。りりささんご自身がお困りなのは重々承知の上。しかし、私としてはその持って生まれたプロポーションを活かして、ぜひともモデルになっていただきたいと――」

「……それって、デカい胸を売り物にしたいってことですか？」

あえて意地悪く聞いてみる。

りりさがジロリと睨んでくるが、ここは言わなくてはならない。

「そういう職業や、それに関わる人を否定する気はないですけど、今のりりさはグラビアアイドルのスカウトとかも断ってるんで。ボディガードとして、利根さんの話も断るしかないっすよ」

「――ふふ。なるほど。手代木さんはその点を気にしてらっしゃると」

嫌な言い方をあえてしてみたのだが。

利根さんは特に気にした様子もなく、微笑みを見せた。

「りりささんのプロポーションに目をつけたのは事実ですが、男性向けのグラビアとは理由が異なりますよ」

「？」

「わが社の系列企業では、現在、胸の大きさに悩む女性のための商品開発を行っております。より体の負担が少なくなる服や、胸が小さく見える服、アンバランスにならず自然に見える服など……りりささんはその宣伝に最適と考えております」

「胸が小さく……？」

「ええ。わが社の雑誌は、女性向けファッション誌ですので。男性向けグラビアアイドルのようなアピールをするわけではございません。雑誌を通して、巨乳の女性の悩みを解消できるような衣服を作り出せるという宣伝を、りりささんにお願いしたいのです」

それは——実現できればすごいことだが。

だが、言ってはなんだが、りりさの胸はファッションでどうにかなるレベルなのだろうか。

見慣れているはずの俺でも、気を抜くと目が奪われる。

この圧倒的質量は、服で隠しきれるものなのだろうか。

「疑ってらっしゃいますか？」

「まあ、正直、どの程度のモンなのかな、とは」

「たとえば、私も親会社のブランドを身に着けております。大体で良いのですが、手代木さん、私の胸の大きさはどのくらいに見えますか？」

「え、ええ……？」

大人の女性にすごい質問をされて、俺はたじろぐ。

向こうから聞いてきたとはいえ、こういうのってセクハラになるんじゃないのか？

隣のりりさが、半眼で俺を眺めてくる。なんで俺がそんな目で見られるんだよ、聞いてきたの利根さんだろ。

「こちらからの質問ですし、どうぞ遠慮なくお答えください」

「え、ええ～……じゃあ、B、とか？」

正直言って、服の上からは胸の膨らみがほぼ無いように見える。スレンダーなモデル体型、といった印象である。

「正確にはG75。世間一般では、巨乳といわれるほうでしょう」

「えっ、でも、ほとんど壁っていうか……」

「トウジ！」

思わず本音を漏らしてしまうと、さすがにりりさに叩かれた。

「ごめんなさい利根さんっ！　コイツホント馬鹿で！」

「――すみませんっした」

りりさが頭を下げながら、俺の頭を小突いて謝らせる。

さすがに不用意すぎた。

「ふふっ。構いませんよ。わが社で紹介している製品がすごいということですから」

「胸がないように見せる服、ってことですか」

「はい。巨乳の女性はどうしても街を歩いているときに、見られている、恥ずかしいといった意識がございます。そうした女性の助けになるように、現在、系列企業が商品開発を進めているのです」

　やっと話が見えてきた。

　利根（とね）さんの企業で作った服を、りりさに着せて、それをファッション誌で紹介する。これによって巨乳で悩む女性向けのアピールにするわけだ。

　りりさほどの胸の大きい女性は、世の中にそうはいない。彼女が自然に見える服を作れる企業なら、ほとんどの女性の悩みを解消できるはずだ。

「でも、そんな、魔法みたいな服ありますか？　りりさは、ええと、並の大きさじゃないですよ？」

　今だって、喫茶店のテーブルにどでんとデカい胸が乗っている。

　乗せるなと言いたいところだが、自然とそうなってしまうことは知っているし、りりさもラクができるので強く言えない。

「はい。開発担当からは、おおよそＩカップからＪカップくらいに見える服を用意できる、と聞いております」

「はあ、まあ……今よりマシとはいえ、デカいっすね」

「そうですね。とはいえ、不自然に押し付けてしまうと、痛くなってしまうので」

しかしそれでも、今より見え方はかなり違うはずだ。りりさとしても自分にあった服があるのはありがたい。

ただ。

（あんまり注目を集めるのは……どうなんだ）

りりさはすでに、街を歩くだけで人目を引く状態になっている。

そのことをりりさ自身が気に病んでいるし、心無い言葉をかけられたのも一度や二度じゃないはずだ。

俺がボディガードをやってからも、たまに変なのが寄ってくるし、視線を向けられながらも陰口だって何度もあった。

モデルをするなら、注目されたくないどころか、進んで注目を集める立場になってしまう。

りりさにとっても不本意なんじゃないだろうか。

りりさを見れば、眉根を寄せて考え込んでいた。りりさも悩んでいるから、俺と一緒に利根（とね）さんの話を聞きに来たのだ。

「これは、りりささんにはお伝えしたことですが」

「？」

「モデルをするとなれば、りりささんの着る服はすべて、系列会社のオーダーメイドでご用意させていただきます。これまでは有償のご提供でしたが、ファッション誌のモデルをしていただくのであれば、もちろん全て撮影に必要な経費ということになりますので――」

「あっ」

　俺は、ようやく気付いた。

　平穏に過ごしたいりりさが、モデル業を悩んでいる最大の理由に。

「服をオーダーメイドで作って、それをりりさがタダでもらえる……ってことですか!?」

「あけすけに言ってしまえば、そうです。同じ商品を何度も紹介することはないですし、りりささんの着る服は、りりささんしか着られないような一点もの……撮影が終われば、りりささんに差し上げるのが自然かと思います」

「ああ～……なるほどね」

　りりさを見ると、彼女はなぜか頬を膨らませていた。

「だって、オーダーメイド高いんだもん！　利根さんが間に入って安くしてくれてるけど、それでも！　あと服だけじゃなくて、下着が特にさあ！」

「正直、高校生が気軽に買えるお値段ではありませんね。私としても、なるべくりりささんの力になりたいとは思っているのですが、フルオーダーとなりますとどうしても――」

「そういうことかぁ～！」

りりさは、自分の着る服が欲しい。というか、年頃の学生らしくオシャレをしたい。下着だって自分に適したものを身に着けたい。

利根さんとしては、りりさに服を作ってあげる代わりに、自社製品のアピールのため、りりさに広告塔になってほしい。と。

なるほど、よく考えられている。発案は利根さんだろうか。

「巨乳に悩む女性への商品ですが、今後は水着やフィットネスウェアなどにもバリエーションを増やしたいと考えています。りりささんは水泳がお好きとのことですし、水着に悩んでいることも聞いております」

「っ」

自分にあう水着。それはりりさが今、一番欲しいものだろう。

こないだのプール、水着がほどけるアクシデントもあった。りりさ用の水着ならそんなこともないのだろうか。

「もちろん、その場合は水着着用の撮影になってしまいますが、あくまで女性向けのファッションモデルという形で。男性向けグラビアとは、ターゲット層も需要もまったく異なると考えております」

「…………」

りりさは、自分に合った水着が欲しいだろう。

女性用ファッション誌については詳しくないが、夏に女性用水着を紹介するのもおかしくないのかもしれない。

「りりささんには一通り、ご説明はしておりますが……りりささんから、ボディガードの手代木さんにも聞いてほしいとのことで、本日は機会をいただきました。ありがとうございます」

「あ、い、いえ――」

ここまで聞いた感じ、悪くない話――に思える。

そもそもモデルなんて、むしろなりたいと思っても、簡単になれるようなものではないだろう。りりさに合わせた服までもらえる。

一般的な女子高校生とは違う生活になるかもしれないが、りりさにとっても大いにメリットがあるように思えた。

利根さんが信頼できるのも大きい。俺に対しても、子どもだからと侮るようなこともなく、丁寧に話してくれた。りりさも信頼しているようだ。

「いかがでしょう？　手代木さんも、プロの技で撮影してもらえるりりささんの姿を、見てみたくはないですか？」

「それは――」

正直、興味はある。

あるのだが――それ以上に、どこか複雑な感情が浮かぶ。

「ありがとうございます。利根さん。ちょっと……トウジと話をさせてもらっていいですか？」

こちらの逡巡を察したのか、りりさが間に入った。

「もちろんです。返事は急ぎませんので、どうかゆっくり考えてください」

「はい。助かります」

りりさが頭を下げる。利根さんはにっこりとほほ笑んだ。

悪くない話なのは確かだ。

だが、素直にそう答えられない自分がいる。

「ふふ、素敵なボディガードさんですね」

「ええ～？　いや、そんなんじゃないですよぉ。ただの幼馴染ですって」

「私は女子校だったので、手代木さんのような方と知り合う機会はありませんでした。正直、少しうらやましいですよ」

「いやいや、コイツ、図体ばっかりで全然ですよ。このあいだも――」

なんかガールズトークが始まってしまった。

こうしてみても、りりさは利根さんと仲がよさそうだ。

頼ってもらえていることは確かだが――りりさが俺になにを求めているのか、いまいちわからなかった。

結局、その後はしばらく、りりさと利根さんの会話を、横で聞いているだけのボディガードとなるのであった。

「どう思った？　利根さんの話」

帰り道。

駅から降りた俺たちは、近所の公園に寄っていた。

昔、一緒によく遊んでいた公園だ。すこし遊具の数は減った気もするが、昔の記憶のまま残っている。

公園のブランコを、ゆるく漕ぎながら、りりさが聞いてくる。

――どうでもいいが、ブランコを漕ぐたびに胸が揺れるの、痛くないのだろうか。

「そうだなあ。とりあえず、利根さんは信頼できそう」

「うん。昔からお世話になってるし、お母さんとも仲いいし、信用できる人だよ。モデルやるなら、これからも力になってくれると思う」

「ふーん……」

俺は少し考える。

俺自身の考えや、思ったこともあるにはある。けれどまず、りりさがどう思っているのか、それが大事だと思った。

りりさは、利根さんに全幅の信頼を置いている。

モデルの仕事を通じて、サイズのあった服がもらえるのも、りりさにとっては大きなメリットだ。

水泳に未練があるりりさには、自分用の特注水着を作ってもらえるのなら、きっとありがたいことだろう。

ブランコを漕いでいるりりさを見る。

「……ん、どしたん？」

りりさがきょとんとした顔で首を傾げた。

「りりさ的には、どうなんだよ」

「うーん。悩んでる……かな。利根さんは信頼できるけど、やっぱモデルとか、今まで考えたこともなかったから。ちゃんとできるか……とか。また知らない人に、変なこと言われたりするかもなーって」

「ま、そうなるわな」

十分、想像できる懸念であった。

ただ、悩んでるということは、一概にやりたくないわけでもないのだろう。

モデルという仕事に、興味はあると見た。

（背中を押してほしいのかもしれないな）

決断するための後押しを、俺に期待しているのかもしれない。

なら、俺がやるべきことは。

「やってみたらいいと思うぜ、モデル」

「そう？」

「ああ。利根（とね）さんならしっかりバックアップしてくれるだろうし、いい挑戦になるだろ」

「……目立っちゃわないかな。今でも、ただでさえ目立つのに」

りりさが胸を覆い隠して、不安そうに告げた。

服を着ていて、両手で隠しても、りりさの胸のふくらみははっきりとわかるほどだ。

「そりゃあ、雑誌に載るくらいだし、目立つよな」

「――だよね」

「でも、なんだっけ？　その胸でも、前向きに利用していきたいんだろ？　だったらモデルはぴったりなんじゃないか？」

どうしたって邪魔で、生活に支障のあるりりさの胸。

だが、モデルとして肉体を活用していくなら、不便なだけではなくなる。りりさなりに自分の身体（からだ）を肯定していけるかもしれない。

「俺は賛成だよ。少なくともりりさが、自分のことを前向きに受け止められるようになるから。だから、やってみたらいいんじゃないか」

「……………そう？」

あれ？

なんか、りりさ——思っていたのと反応が違う。

「本当に、そう思ってる？」

「当たり前だろ。良いことだと思うぜ」

「……ふーん」

てっきり、俺が背中を押したら、その気になると思っていたのに。

りりさは半眼になって、何かを確かめるようにじっと俺を見つめてきた。

「な、なんだよ……」

「いや、トウジさ、私の気持ちを汲んで話してくれるのは嬉しいけど、私はあくまでトウジの意見を聞きたいわけなのよ」

「はあ？　今のが俺の意見だけど？」

「いーや、トウジ、嘘ついてるね」

またそれかよ。

一体どういう理屈でそんなこと言ってくるんだか。

「嘘なんてついてねえって」

「あのね……私、幼馴染だからわかるんだってば」

「だからな……」

嘘は——ついていない。

強いて言えば、俺の本音は適当に取りつくろって、言わなかっただけだ。

嘘と言われるほどのことじゃない。

——そこに誤魔化しがあると言われれば、言い訳はできないが。

「トウジの意見を聞きたいの」

「だから、賛成だって。やってみたらいいだろ」

仮に。

俺がここで、包み隠さず自分の意見を言ったところで、それは多分りりさのためにはならないのだから。

言わないでおくのが賢い選択ってヤツだ。

「ふーん……あくまで嘘つくってワケね」

「だから嘘なんて……」

「わかった。もういいよ」

りりさが、漕ぎだしたブランコから飛び降りる。

ほっ、と声をあげて、両手を広げて着地した。だからそういう仕草をするなっての、胸がばるんばるん揺れてる。

目に見えて痛そうだ。

「トウジのばーかっ。こんだけ言っても本音を隠すなら、もう知らない」

「はあっ⁉　お前、どういう……」

「アンタが本当のこと言うまで、ボディガード解任だから」

「はあああっ？」

なんでそんなことになるんだ。

「なっ、おまっ……一人じゃ登下校も、買い物も行けないくせに……っ」

「別に行けるし。ママや友達頼るから。まあちょっと面倒くさいし大変だけど、でもそれくらいしないと、アンタ、本音言わないでしょ」

「だから、それはっ……お前のためを思って」

「はいはい、気遣いできて偉いね？　でもさ、私は自分の大事なこと決めるのに、トウジの本当の意見も聞きたいなって思ったの。それ隠しちゃ意味ないでしょ」

「お前な……」

理不尽なことばかり言われて、頭に怒りが湧いてくる。

ボディガード解任して、困るのはりりさのほうだろ。なんでわざわざそんなこと。

——俺が、本音を隠してるから？

りりさのために、自分の意見を押しこめたつもりだったが、それがりりさには気に食わないってことなのか。

「顔、怖いよ、トウジ」

「っ」

「んん～、でも、私も怖い顔になってるかもね」

りりさは、こちらを睨(にら)みつけるように言う。

顔とかどうでもよくて、今、この瞬間に、りりさがなにを考えているかわからないのが怖かった。

「しばらく、お互い、頭冷やそうか？　ね。そしたら落ち着いて話できるタイミング、あると思うしさ」

「……あの、りりさ」

「今日はかいさーんっ。付き合ってくれてありがと。また今度ね」

勝手なヤツだ。

りりさは俺から逃げるように、ささっと公園を出ていってしまった。

最近はずっと、家まで送っていたものだから、思わず後を追いかけそうになる。しかし、追いかけてもりりさに拒否されるだけだと思った。

ボディガード解任。

一方的に告げられて、怒りと虚(むな)しさが湧いてくる。

「……なんだっつーんだよ」

訳もわからないまま、苛立ち(いらだ)に任せて、俺はガリガリと頭を掻(か)いた。

翌日。

いつもの時間に駅へ向かっても、りりさはいなかった。

電車の時間を変えたのか、それとも家族に車で送ってもらったのだろうか。

俺がいつも通りに学校に行くと、りりさは自分の席で友人たちと話していた。手段はともかく、やはり自力で学校に来たらしい。

(……来れるなら、最初から来いよ)

りりさのほうからボディガードを頼んでおいて、あまりに勝手すぎる。

俺が教室に入ったことに気づいたようだが、向こうが露骨に顔をそむけた。

(コイツ……!)

こうなってくると、俺も意地になってくる。

嘘(うそ)をついた、とりりさは言う。

だがりりさのために本音を言わなかったくらいで、そんな言い方をされるのはムカつく。

向こうから頼んできたボディガードを厚意で引き受けていたのに、一方的に解任宣言されるのも納得いかない。

もやもやした気持ちが晴れないまま。

けれどりりさから連絡も、話しかけられることもなく——向こうがその気なら、こっちが折れるのも負けたみたいな気持ちになってしまう。

くだらない意地の張り合いなのはわかっていた。

ガキのころもこんなふうにケンカして、数日間、口を利かず、プールにも行かない時があったような気がする。

（……ガキのころは）

どうやって、仲直りをしたんだっけ。

うまく思い出せなくて、それもまた自分の苛立ちを加速させていた。

そんな感じで、数日が経ったある日。

「ちょっと手代木くん、話あんだけど」

昼休みに俺は、数人の女子に声をかけられる。

全員、りりさの友人だ。連れ出されるように教室を出て、廊下でりりさの友人たちに囲まれてしまう。

腕を組んで俺を睨んでくるのは、バレー部の三笠。

「ねえ、アンタたち、ケンカでもしたの？」

「いや——別に」

「あんだけ四六時中、一緒にいたのに、今じゃ目もあわせてないじゃん。なにかあったのは誰でもわかるって」

三笠が呆れたように言う。

登下校から食事までつきっきりだったのが、今では話もしないのだから、そう言われても不思議ではない。

「ボディガードはどうしたのよ」

「……いや、その、今は休みで」

「ふーん。なるほどね」

三笠ははあ、とため息をついた。他の女子たちの反応も似たり寄ったりだ。

「今ね、女子同士で、ローテーション組んでりりさの傍についてんだけど」

「お、おう」

そんなことしてるのか。

いや、考えてみれば、学校ではりりさが一人になるタイミングはほとんどなかった。

音頭をとっていたのは目の前の三笠なのだろう。

いかにもリーダーシップがありそうだ。

「やっぱアタシたちじゃ威圧感足りないっていうか」

「ヤバい先輩たち、私たちがいても平気でセクハラかましてくるもんね」

「もー、マジキモい。遠くからじろじろ見てくるやつもいるしさぁ」

女子たちが口々に言いあう。

っていうかやっぱり、りりさのヤツ、セクハラされてんのかよ。こうなるのは目に見えてただろうに。

「――で、結局、ケンカしたの？」

「してない……」

三笠は俺に近づき、同じ問いを繰り返す。もはや尋問である。

思わず目をそらしてしまったが、これでは逆にケンカしたと言っているようなものだ。

「ったくもぉ。なにしてんだか、キミもりりさも……」

「三笠には、関係ないだろ」

「あるに決まってんでしょ。りりさとキミがこのままじゃ、誰もりりさを守れないのよ。アタシたちが、キミと同じことやるにも限界があんの……主に、見た目でね」

三笠の言葉には、悔しさがにじんでいた。

「りりさの胸に寄ってくるバカな男ども……要するにバカだから、見た目でしか判断しないわけよ。女が一緒についてても、なんとも思いやしない」

三笠は吐き捨てるように言う。

「見た目がちゃんと怖い男が一緒じゃないと、抑止力にならないってワケ——悔しいけど、あの子には手代木くんが必要なのよ？　わかる？」

「…………」

三笠の気持ちは、正直、俺にもわかる。

困っているりりさを目の前にして、なんとかしてやりたいという気持ちは、俺と三笠でなにも変わらない。

俺にりりさをとられたという三笠の言葉は、本心だったようだ。

「というわけで、アタシたちがこんなこと言うのも、おかしいと思うんだけどさ……ちゃーんとりりさと仲直りしてほしいのよ」

「——わかったよ」

「よろしい」

素直に返事をすると、三笠がにかっと笑った。

「はあ～、まったく、手代木くんがボディガードになってから平和だったのに、どうしてこうなっちゃうんだか」

「どうしてだろうな」

俺は他人ごとのように答える。

原因は——実は、わかっている。解決策も。

俺が、モデルの話を聞いてどう思ったか、なにを感じたか、包み隠さずりりさに話せばいいだけだ。

まあ、それが簡単にできないから、こじれたわけだが――。

「んで、結局、なにがあったの？」

「――言いたくない」

「あっそ。まあ、キミとりりさのことだから、深くは追及しないけどさ。りりさもまだまだ子どもみたいなとこあるし……特にキミが絡むと、ホント、子どもに戻っちゃうんだから」

それは、おそらく、幼馴染だったころの関係性を、いまだに引きずっているんだろう。

「キミが大人にならなきゃ。ボディガードなんだからね」

三笠は知った風なことを言う。

的を射た言葉なのは事実だ。どっちかが大人にならないと、この状況は解決しない。

「そうそう、大人になれー！」

「りりさにはエスコート役が必要なんだって」

「ホント、子どもだよねりりさ。胸はあーんなにオトナなのに」

周りの女子たちが囃したてる。

男一人を数人で取り囲むのもどうかと思うが、まあ、彼女たちもりりさを心配してくれてるのだろう。

「と、に、か、く、キミはさっさとボディガードに戻ってね。もしどうしてもりりさが言うこと聞かないなら、アタシたちからも言ってあげるから」

「──大丈夫だよ。なんとかする」

「その言葉、信じたからね」

三笠(みかさ)は強く頷(うなず)いた。

多分、なんとかなるだろう──俺がりりさに、本音を話すだけだ。

「はぁ～、まったく……子どもばっかの教室、ホント疲れるわぁ」

三笠(みかさ)は肩を回しながら去っていく。

他の女子たちも、手を振るなどしながら、三笠(みかさ)についていった。

(──覚悟、決めるか)

いつまでも意地を張っていても仕方ない。

俺がボディガードをできないと、りりさ自身が危ない目に遭う。

りりさと、それから自分の本音に向き合わなければならない時が来たようだった。

りりさにメッセージを送った。

放課後、話したいことがある。モデルの件だと素直に伝えた。

返事はすぐに来た。

『家に来て』

素っ気ない文面ではあったが、話を聞いてくれるのは間違いないようだ。

俺はすぐに、りりさの家へと向かう。

りりさはなにも言わずに、怒ったような顔のまま、俺を部屋まで迎え入れた。

「正直に話す気になった？」

腕を組みながら、りりさが聞いてくる。

「ああ――悪かったよ。本当のこと、言わなくて」

「それはもう良いから。私が聞きたいのは、なんでモデルやることをトウジが反対してたか、なの」

「反対してたわけじゃ……」

そう言いかけて俺は首を振る。

下手な誤魔化しは通用しない。正直に言わないと、りりさには見抜かれる。

「――反対じゃない。ただ、嫌だなとは思っている」

「はあ。やっと正直になったね」

りりさはやれやれ、とため息をついた。

ため息をつきたいのはこっちのほうなのだが、今は置いておく。

「で？　なんで嫌だと思ってんの？」

「……いいか。お前が、正直に言えって言ったんだからな。どんなこと言われても、ちゃんと聞けよ」

「わかってるから。それで？」

コイツ――。

『いったいなにを隠しているんだか』とばかりに、どこか呆れた表情のりりさ。俺の本心を聞いたらどんな顔に変わるだろう。

「全部俺の都合だから、なに言われても怒るなよ」

「はいはいわかったよ。んもう、前置き長いんだから。付き合い長いし、今更ちょっとやそっとじゃ怒んないって」

「いいか。俺はな――」

顔が赤くなるのがわかる。

それでも俺は、正直に、誠実に、りりさに向き合わなくてはならない。

「お前が、モデルになって、他の奴らに身体を見られるのが嫌だったんだよ」

「は？」

予想外とばかりに、りりさが目を見開いた。

「はっ……は、はあぁぁぁ〜〜〜〜っ？　な、なにそれ、どういう理由、バっ……カじゃないの……!?」

「はいはいどうせ俺はバカですよ！　だから言いたくなかったんだ！」

「身体見られる……って、はあ？　なんなのそれ⁉　どーゆーこと！　っていうか、自分はさんざん見たくせに、人に見られたくないって……！」

「見たのはせいぜい、プールの時くらいだろ！　水着ほどけたのは不可抗力だし――あと、風呂に関してはお前が勝手に入ってきたんだろうが！」

「い、い、意味わかんない！」

りりさが顔を真っ赤にして震えている。

俺だって恥ずかしいから言いたくなかったよ！　ちくしょう！

「お前が言えって言ったんだろうが――」

「そ、そんな子どもみたいな嫉妬すると思わないじゃん！　そもそも、私の身体、アンタのじゃないし！」

「わかってるよそんなことは！」

りりさの部屋で大声で言い合う。

これ大丈夫か、璃々栖さんが何事かと飛んでこないか。

「でも――なんかこう……嫌だと思ってしまったんだから、仕方ないだろ」

別に、俺はただの幼馴染で、ボディガードだ。

りりさの彼氏になったわけでもない。

りりさの身体（からだ）は、あくまでりりさのものであり、本来、俺がどうこう言う権利なんてないはずなのだが。

それでも、りりさが話せと言ったのだから、包み隠さず本音を言うしかない。

「あのさ、利根（とね）さんの話、ちゃんと聞いてた？　女性向けファッション誌だし。トウジが心配するようなことないの」

「だとしても、男だって見る可能性はあるし。それに、水着だって着るんだろ」

「そりゃ……私、自分の水着欲しいもん」

「それがさぁ……嫌なんだよ……」

「なんでそんなに彼氏面（づら）するの⁉」

「彼氏とか恋愛とか、そういうんじゃねぇよ」

りりさのことは大切に思っている。

だがこれはきっと、そういう感情とは少し違う。

「……だって、俺はボディガードだし」

「だから？」

「その……モデルとかやって、不特定多数のヤツへの露出が増えたら……その、守れなくなるだろ。俺が、りりさのこと」

「――――」

りりさが顔を赤くして、黙りこんでしまった。

「誰が見てるかわからないんだぞ。今まで以上に、変な奴に付きまとわれるかも……そういうのが全部、嫌だから」

「はあぁぁ～～～～～～」

りりさが顔を覆って、デカいため息をつく。

「あーもー、要するにアレね、心配と独占欲が混じって、わけわかんないってことね？　はいはい、びっくりしたぁ。ただの幼馴染にここまで独占欲見せてくるとか」

「ちっ……！　違わねえ、けどよ」

「もう、トウジの気持ちはわかったから。モデルの話は断っとくからね」

「それはダメだ」

「はあっ⁉」

りりさは、もう何度目かになる声をあげた。

「なに⁉　今度はどゆこと？」

「たしかに嫌だが――それでも、りりさはモデルやったほうがいいと思う。絶対に、りりさのためになるから」

「あーもう、訳わかんない！　トウジが嫌だって言ったんじゃん！」

「俺が嫌でも、りりさはやるべきだって言ってんだよ！」

まさしくガキのケンカである。

意地の張り合い、お互いの素朴な感情のぶつけ合い。

けれど、そんなやりとりがちょっと懐かしくもあるし——子どものころとは、明確に違う点が一つだけある。

今は大人としてちゃんと、お互いのことを考えて話している、という点だ。

「それでも、モデルの話、受けたほうがいいと思う」

「——要するに、それがトウジの本音ね？」

「ああ」

「もう隠してることとか、ないよね？」

「ない」

りりさが俺を見定めるように、じっと見つめてくる。

嘘もごまかしもない。俺がモデルの話を聞いてから感じたことは全て伝えた。

どうせりりさは、俺の嘘を見抜いてくるのだから、下手にごまかすことは意味がないのだ。

「はぁ～……もう、わかったよぉ。トウジが独占欲強い男だってのは、よーくわかった」

「もうなんとでも言えよ」

「でもま、トウジもやってほしいって言うなら、ちょっと本気でモデルやってみようかな」

りりさが、部屋で大の字に寝っ転がる。

デカい二つの山がたぷんと揺れた。

「……やっぱり、トラブルとか、あるかな」

りりさが不安そうに、ぽつりとつぶやいた。

「どうかな。利根さんは守ってくれるだろうけど——俺も、できる限りのことはやるからさ」

「そうだよ。ヤバいファンとかストーカーとか出てきちゃうかもしれないし！　今まで以上に守ってもらわないと」

「もう人気出る前提かよ」

「そりゃ、やるからには大人気モデル目指すでしょ！」

りりさは寝っ転がったまま、拳を上につきあげる。

「——だから、ボディガード、引き続きよろしくね。撮影にも付き合ってもらうと思うけど、大丈夫そ？」

「……いいんだな。このまま、俺がボディガードで」

「うん！　ちゃんとトウジの気持ちも聞けたし。私的にはオッケー。もう胸を張って、モデルできると思う！」

「……そうか」

どうやら、俺のボディガードも続くようだ。

りりさがモデルを始めたら、今まで以上にあちこち同行することになるだろう。

ま、それも今のりりさには必要なことなのだろう。

本当の意味でりりさが、そのデカい胸を張って生きていくために。

胸がデカいだけで、後ろめたくなったり不安に思ったりすることがないように、俺も全力を尽くすだけだ。

子どもみたいなケンカも、これで終わりだろう。

「ねえ、トウジ」

「うん？」

寝っ転がったまま、りりさが上目遣いで見つめてくる。

「触りたい？」

「なにを」

「私の胸」

「ぶっ！　……げほっ、げほっ！」

いきなりとんでもないことを言ってくるので、むせた。

「なっ……ばっ、お前っ……！　そんな……」

「だってー、いつもじろじろ見てくるし？　私の身体が自分のものだ、みたいに一人前に嫉妬してくるし？　もしかして、触りたいのかなーって」

「見るのは――そんだけデカけりゃ、目にはいるだろっ。俺は別に、お前の胸になんか、ちっ

とも興味は……」

「じー」

りりさが半眼でこっちを睨む。

ああ、そうだ。こいつに嘘は通用しない。

胸に興味がないという俺の言葉も、きっと随分前から、嘘だってバレていたのだろう。

「……興味は、正直あります、けど」

「あははっ。素直でよろしいっ」

りりさが足をばたつかせて笑う。コイツ——面白がってんな。

「なんで最初に言わなかったのよぉ」

「い、言えるわけないだろうがっ！　再会した時から胸ばっか気になってたけど、それを言ったら……痴漢とか、他の男たちと変わらないだろっ！　正直に言ったら……傷つくだろ、りりさが」

「あっははは！　しっかり自制できてえらいねーっ！」

りりさが涙目になるくらい笑い転げている。

「じゃ、触ってみる？　他の男だったら絶対ダメだけど、んー……まあ、トウジなら触らせてあげてもいいよ」

「お——お前なあっ、なんでそうなるんだよっ」

「うーん、ご褒美(ほうび)的な？　今まで自分の都合じゃなくて、私の都合でずっとボディガードしてくれてたし。それに」

りりさはにやあ、とイタズラ好きな笑みを浮かべる。

「私のことさぁ、そんなに嫉妬しちゃうくらいなら、もういっそここで触っとけば……見てるだけの他の男とは違うから、嫉妬したりなんかしないでしょ？　ね？」

「お、お前なぁ……！」

りりさが寝転がったまま、手を上に向けて誘惑してきやがる。

コイツ、絶対深く考えてない──俺が幼馴染(おさななじみ)だから、油断しまくっているだけだ。

『トウジだから危ないことはしない』と本気で思っている。さすがにちょっと、考えが甘いだろう。

全部の過程すっ飛ばして、今ここで押し倒してやろうか、とさえ思うが。

(……落ち着け。落ち着けよ。俺は、あくまでボディガードだからな)

りりさの甘い見通しも、あながち間違いではないのだ。

俺はボディガードだから、りりさを傷つけることは絶対にしたくない。

──それはそれとして、男の本能として、触りたいのも事実である。ここで『触りたくない』とでも言えば、りりさはますます面白がって、その嘘(うそ)を深掘りしてきやがる。

そのデッツッかい胸を触りたい──と言うしかないの、だが。

「わかったよ、そんなに言うなら、触らせてもらおうか」

「あっはははっ！　やっぱり！　トウジやらしぃ～！」

「ただし、条件があるからな」

「……へ？　なんでトウジが条件出すのよ？」

きょとんとした顔になるりりさ。

幼馴染を舐めないほうがいい。こっちにだって、考えはあるんだから。

今からそれを、りりさにわからせてやる。


「はぁぁ～～～ッ⁉　意味わかんないんだけど！　なにこの状況！」

「お前が言い出したんだぞ」

りりさが不満げに抗議するが、俺は取り合わなかった。

りりさの部屋で、俺たちは向かいあっている——りりさの胸を触るために。

普通に考えれば、恋人同士がするようなスキンシップ以外の何物でもないが——今の俺たちはちょっと違う。

「いいか、りりさ、これはけじめだ」

「はあっ？」

「俺がもうりりさの胸のことで嫉妬しないように、りりさのボディガードでいるために、必要なことだから」

「な、なんて頭の固いヤツ……っ！」

りりさが唖然としているが、俺は取り合わない。

「そういう風に言い訳しないと、俺の理性が飛ぶことがわかっているからな」

「自分で言うな、自分でっ！　触りたいと素直に言えっての！」

「触りたい。だが、あくまでけじめなんだよ。だから」

俺は、顔に巻いたタオルを、頭の後ろでぎゅっと縛る。

今、俺は目隠しをしてりりさと向きあっている。

「俺は目隠しをしてりりさの胸に触る」

「いや、ホント、マジで意味わかんないんだけど。スイカ割りじゃないんだから！」

「スイカみたいな胸だろ」

「スイカよりおっきいもんっ！」

なんの言い合いだよ。

「いいか？　これが一番安全にりりさの胸を触る方法だ。それとも、俺の理性が飛んで、押し倒されたいのか？」

「その時は、全力で蹴っ飛ばしてやるから」

暗闇の中、りりさがふふんと、不敵に笑う。

そう、これはあくまで、男女のスキンシップなんかじゃない。

ケンカしていた俺たちが、仲直りするのに必要な行為であり、俺がボディガードに戻るためのけじめなのである。

これで、俺たちは元の幼馴染に戻れるのだ。

(まあ——わかってるよ、変な暴走をしてるってことは!)

こんなことに意味はない。

りりさのデカい胸を触ろうが触るまいが、りりさとの関係は変わらない。和解もとっくに済んでいる。

しかしお互い、張りに張った意地を解決するには、この訳わからん方法しかないのだ。

もう後には引けない、俺もりりさも!

「とにかく! お前が触らせるって言ったんだからな!」

「アンタが触りたいだけでしょ……は、早くしてよっ。言っとくけど、胸以外のとこ触ったら、ぶっ飛ばすからね! おっぱいで!」

「……気をつけるよ」

りりさの胸で殴られるのはシャレにならない。

俺は暗闇の中、手探りでりりさの胸を探す。

視界を覆っているので、苦労するかとも思ったが——五感を研ぎ澄ませると、なんとなく、目の前にある巨大な質量の位置を感じ取れた。

――これが気配でわかる、というやつだろうか。

視界をふさいでいても、11キロの質量がそこにあることを、なんとなく感じ取ってしまった。

「じゃ、じゃあ、触るぞ」

「う、うん……」

俺たちはなにをしているのだろうか。

冷静になりそうな考えを振り払う。いいんだ、傍から見て訳がわからなくても、これが俺たちなりのけじめなのだ。

手を伸ばし、そこにあるだろう胸を、なるべく優しくつかむ。

「ひゃあっ……」

柔らかい肉に触れたと思った瞬間、りりさが女の子らしい声をあげた。

「あ、あれっ⁉　間違ったか？」

胸以外に触れてしまったのかと慌てる。

りりさの身体のバランスを考えれば、適当に手を伸ばしても胸に当たる確率は高いはずなんだが。

「う、ううん、ま、間違ってない、けど……ちょっとびっくりして」

「お、おう……じゃ、触るからな」

「うん――」

こっちも視界を塞いでいるので、りりさがどんな表情をしているのかわからない。

だがまあ、胸を触られて全然平気ということは、おそらくないだろう。不安そうにしているのが声から伝わってくる。

なるべく怖がらせないように、優しく触って――。

手のひらに、なにかが触れた。

「でか！　お、重っ……⁉」

「バカトウジ！　正直すぎ！」

げし、と足でこちらの腰あたりを蹴られた。

いや、なんだこれ。デカすぎる。

服越しに感じるのは、まずりりさの巨大な胸を支える、下着の形。レースのような細かな装飾が、手のひらを通して感じる。

ワイヤーとカップが、しっかりとその奥にある脂肪の塊を支えているのがわかった。

その下着によって守られている、りりさの巨大な胸。

りりさの胸は、まさしくスイカのような重量感でありながら、マシュマロみたいな柔らかさで俺の指を受け止めてくれた。

どう考えても手のひらには収まらない。

本当にこれは、人体なのだろうか。もっと神秘的ななにかに触れているような気がして、何度も感触を確かめてしまう。

強めに触れると、指の間から脂肪があふれていく。

「んっ……ちょ」

胸の全体像がまったくわからない。

外周が大きすぎて、どこを触っているのかもあいまいだ。下着の形状からかろうじて、胸の正面から触っていることはわかる。

りりさの胸は、今まで触ったこともないような感触だった。

良くないと思いつつも、指が吸い付くようにして、りりさの胸から離れてくれない。

俺の手が勝手に、りりさの胸を揉みしだいていく。

ついつい気になって、下から持ち上げるように触れてしまう——胸の重量が全て俺の手に乗ってくる。

重い。

片方５・５キロの重量は、もはやダンベルである。

この圧倒的重量感と、つきたての餅のような柔らかさが両立しているのが不思議で、ついつい何度も確かめるように触ってしまう。

「ちょ、ちょっと、トウジ……」

そして重さもさることながら。

やはり、デカい。

俺の手にも収まらないような大きさの脂肪二つが、肉体にくっついているとなれば、その苦労は並大抵ではないだろう。

どうやら男という生き物は、ただ大きいサイズの胸が目の前にある——というだけで感動してしまうらしい。

我ながらバカらしいと思うが、指がどうしても離れなかった。

そういえば、子どものころ、お医者さんごっことかやったな。

聴診器のおもちゃなんて持ってなかったから、お互いの胸に手を当てて、ビョーキがどうのこうのと——いや、今そんなこと思い出すな。

「いい加減にしろぉっ！　このバカっ！」

「ぐあっ⁉」

一心不乱に、りりさの胸に触れていると。

突然、巨大な重量が、顔をぶん殴ってきた。たまらず倒れこむ。

「トウジのおっぱい星人！　いつまで触ってるの⁉」

「お前が触っていいって言ったんだろ……」

「限度があるっつーの！」

俺はタオルを外して、ようやく視界を取り戻す。

まったく見えなかったが、どうやらりりさの胸でぶん殴られたらしい、というのはよくわかった。

なんでコイツは自分の胸を武器にするんだ。

「とにかく！　もうおしまい！　いいよね！」

「あ、ああ……」

危なかった。

りりさの胸に触れてから、その大きさと重さに感動して、りりさの声さえまるで耳に入っていなかった。

他のことを一切考えなくさせる魔法でもかかっているのかもしれない。

理性を保つために目隠しをしていたわけだが、別の意味で理性が飛んでいた。

幼馴染（おさななじみ）のデカすぎる胸は、ヤバい。とにかくヤバい。

「ふんっ。まあ、これでトウジも嫉妬しなくなるわけだし？　安心して私もモデルになれるってもんよ！　ね、トウジ？」

りりさが顔を真っ赤にしながらも、強がって胸を張る。

「そ、そうだな――ボディガードも、ちゃんとやるから……」

「こんだけ触らせてあげたんだから、今まで以上に働いてもらうからね！」

「お手柔らかに――」

好き放題に胸を触ってしまったのは事実なので、なにも言えない。

だがまあ。

頭のおかしいシチュエーションではあったが――どうやら俺たちなりに、けじめはつけられたようである。

「ふー、まったく、男の子って手がかかる……」

りりさがひと汗かいたとばかりに、やれやれと背筋を伸ばす。

ぶち、と糸がちぎれるような音がした。

「あ」

俺もりりさも、同時に声をあげる。

次の瞬間に訪れるアクシデントが、容易に予見できた。

案の定、りりさの制服のボタンが、勢いよくはじけ飛ぶ。

「～～～～～～～～ッ！」

同時に三つのボタンが吹き飛び、一つが俺の顔に当たる。

下着に包まれたりりさの大きな胸が、ばるんと揺れて露わになった。

「～～～～………見るな、トウジっ！」

吸い込まれるように、りりさの巨大な谷間を見てしまったが――。

パッ

すぐに顔を赤くして涙目になったりりさが、おっぱいで俺をぶん殴ってくる。

11キロの脂肪の打撃を受けて、俺は見事に意識が飛んだ。

その技やめろ、という暇もなかった。

りりさのおっぱいアタックの衝撃は尋常ではない。胸を顔に受けて幸せ、などと考えることもできなかった。

(やっぱり……デッッッか……)

沈みゆく意識で、胸を見た印象だけが強く焼きつくのだった。

エピローグ・たとえどんなにデッッッ力くなっても

ore no osananajimi ga dekkkkkaku narisugita

そうして、りりさのファッションモデルとしての、初撮影の日がやってきた。

初夏の公園で、りりさは撮影スタッフに向けてポーズをとっている。

雑誌が発売するシーズンにあわせるのだろう。着ている服は秋物だ。

もちろん、りりさ用に作られたオーダーメイド。多少、胸は目立つが――とてもSカップとは思えない。

あのでっかい胸を、どうしたらこれほど目立たなくできるのだろう。

胸に悩む女性のために服を作っている、というのは伊達ではないらしい。

「ふふふ……いい、いいですよりりささん、やはり私の目に狂いはなかった……！」

見学している俺の隣で、利根さんがずっと笑っている。

最初はクールな大人の女性に思えたが、どうも奥底の情熱が隠し切れないタイプのようだ。

「……秋の服で撮影するんスね」

ファッション雑誌には詳しくないので、疑問に思ったことを告げる。

話しかけた瞬間、にやけていた利根さんが、すっ、とクールな表情に戻った。

「普通は半年ほど先取りして撮影を行います。なので、今の時期は真冬の服で撮影することも珍しくありません」

「うへぇ」

それは死ぬほど暑そうだ。

秋服を着ているりりさだって、初夏の日差しに汗をかいている。

表情に出さないりりさの根性は褒めてあげたいが。

「ですが、りりささんの企画は、彼女が着たい服を優先いたしますので。夏服は間に合いませんでしたが、秋服の準備は前々から進めておりました。せっかくなので、ここで撮影して秋シーズンの雑誌に間に合わせます！」

利根さんがやる気を見せている。

「……夏服間に合わないって、この後、水着撮影があるって聞きましたけど」

「そちらも本来は絶対にムリなのですが、撮影した後に、再来月発売の雑誌にねじ込みます。お任せください」

「それ、結構無茶なんじゃ……？」

「その無茶を通すのが、デキる編集というものです。印刷所さんごめんなさい、これもりりささんの魅力を伝えるため……！」

利根さんはどうも、りりさの撮影に並々ならぬ思い入れがあるようだ。

それに、水着撮影をするなら、りりさはオーダーメイド水着を手に入れることになる。

今年の夏に、りりさが新しい水着を着れるように、という計らいだろう。

「正直、りりささんがモデルをＯＫしてくれるかは、賭けでした。今日までの準備が水の泡の可能性も……手代木さんから、後押ししてくださったんでしょうか？」

利根さんの言葉に、俺は首を振った。

「いや、アイツが全部決めました」

「では、なにか助言を？」

「それも……特に。俺が利根さんの話を聞いて、思ったことをそのまま伝えたくらいです」

りりさは、いい笑顔で写真を撮られている。

胸のこととかに気兼ねをせずに、やりたいことをやっているりりさを、久しぶりに見れたかもしれない。

「でも――いい顔してるし、やって良かったんじゃないかなって、思います」

俺のみっともない嫉妬なんて、どうでもいいと思えるくらい。

モデルをしてるりりさは魅力的だと思えた。

「ふふ。どうでしょうか。今のりりささんは、私の想像以上ですから――」

利根さんは意味深に、こちらをちらりと見て。

「一緒に支えてくれるボディガードさんがいるおかげかもしれませんよ？」

「いやあ、俺は別になにも……今だって、こうして見てるだけですし」

撮影の段取りとか、なんにもわからない。

必要な荷物を詰めたスポーツバッグを持って、ぼけっとポーズをとるりりさを見学しているだけである。

それがりりさにとって必要だって言うなら、付き添いもやぶさかではないのだが。

などと考えていると。

「トウジぃ！」

撮影に区切りがついたのか、りりさがこちらに走ってきた。

「あっつい！　タオルちょうだい！　あとバッグの中のペットボトル！　保冷剤！」

「はいはい」

額に汗をかいているりりさの指示に従う。

用意が良いことに、バッグには凍らせたペットボトルが入っていた。りりさに手渡すと、彼女はそれを飲んでいく。

「うひぃ～、生き返る～っ！」

保冷剤は額に当てて、妙な声をあげていた。

「どうよぉ、トウジ、私のモデルっぷりは」

「あー……まあ、いいんじゃないか？」

「なにそれ、気のない返事！　まあトウジにファッションはわからないか！」

「全然わからん」

正直に言うと、足を軽く蹴られた。モデルがそんな野蛮なことするな。

「ま、トウジはボディガードで突っ立ってればいいから！　今日はよろしくね」

「へいへい」

りりさからタオルやらペットボトルやらを返される。

その様子を見ていると、利根さんがくすくすと笑いだした。抑えめの上品な笑い方である。

「ふふっ、いいですね」

「？」

「りりさんにはやっぱり、手代木さんのような彼氏さんが必要なのかもしれませんね」

「彼氏じゃないんでっ！」「彼氏じゃないです」

俺とりりさが同時に否定すると、利根さんが目を丸くした。

「えっ。あっ。そ、そうだったんですね。失礼しました、私てっきり——」

慌てふためく利根さんが新鮮である。

まあ、彼氏ではないのは事実なのだが——。

では俺は、りりさのなんなのだろう。ボディガードなのは事実だが——なんというか、それもしっくりこない。

やっぱり幼馴染。

一部分がデッかくなったけど、タダの幼馴染の関係、というのが一番落ち着く。

「じゃ、トウジ、いってくるわ」

「おー、がんばれー」

りりさを見送り、手を振る。

りりさは満面の、モデルの笑顔で、返事をするのだった。


さて。

りりさは秋服の撮影を終えて、水着撮影のために移動した。

どうやら水着撮影専用のプールのスタジオというものがあるらしい。俺もりりさや利根さん、撮影スタッフの皆さんに続いて、そのスタジオまでやってきた。

（……まあ、泳ぐ感じのプールではないな）

プール自体は、慣れ親しんだ競泳用プールなどと比べると、ごく小さい。

ちょっとした水遊びができる程度だ。

代わりに照明や、プールサイドの椅子やテーブルといった設備が充実していた。あくまでもスタジオだというのがわかる。

「トウジ〜！　見て見て〜っ！」

「おう」

プールをぼんやり眺めていると。

撮影用の着替えを終えたりりさが、手を振りながらやってくる——が。

「あ、あら……？」

隣の利根さんが困惑の声をあげていた。

スタッフの人たちも、なんだかざわざわしている。

「？」

状況がわからず、りりさはきょとんとしていたが、すぐに笑顔になり。

「ねえ！　見て見てすごくない⁉　オーダーメイドの水着！　サイズぴったりだし、胸も全然苦しくないし、ちゃんとかわいいし！　オーダーメイドさいこぉ……！」

「良かったな、モデルやって」

「うん！」

りりさの水着は、パステルカラーの緑をベースに、トロピカルな赤い花柄模様が入った、可愛らしいもの。

よくある水着と言えばそれまでだが、そんなものを着るのさえ、りりさにとっては久しぶりかもしれない。

形状はビキニだが、以前のプールの時のものとは異なり、ヒモで留めるタイプではない。各所にフリルも使われており、体形が過度に出過ぎない工夫がされているのがわかる。

（胸を小さく見せる技術ってやつか）

俺がぱっと見でわかるのはフリルの使い方くらいだが、きっと他にも、様々な工夫がされているのだろう。

いまだにはっきりわかる巨乳ではあるものの、Sカップは、多少、迫力を減じていた。

りりさは動きに制約がないのが嬉しいのか、さっきからぴょんぴょん跳ねたり、背筋を伸ばしたりしている。

その動きしたら強調されるだろう。

「あ、あの、手代木さん……」

「はい？」

利根さんが、耳打ちするように話しかけてきた。

「その——お聞きしづらいのですが、りりささんの水着姿、どう思われますか？」

「どう、とは？」

「ええと……胸、小さく見えますか？」

ああ。

利根さんやスタッフさんがざわついている理由が、やっとわかった。

見慣れていないからだ。

慣れてないと、まだまだりりさの胸が大きいように見えるのだろう。

胸が大きくて困る女性のためのファッションなのに、見た目の大きさが変わっていないとなれば、コンセプトに関わることだろうし——。

「すみません、なにしろ撮影に間に合わせるのが最優先だったもので、りりささんが実際に着用するのを見るのは初めてなんです」

「大丈夫ですよ。ちゃんと小さく見えてます」

俺は頷いた。

あの大迫力の貸し切りプールでのことを思えば、りりさの見た目のサイズはかなり小さくなっているように見える。

「そ、そうですか……ううん、それでも、まだまだ大きいですね」

「……ま、そうですね」

SカップがMカップくらいにはなっているが、どのみち、目を惹く大きさであることに違いはない。

「オーダーメイドの開発スタッフも苦心したと聞いていますが……まだまだ改良が必要でしょうか。検討しないと……」

利根さんはそう言うが、俺はひとまず、十分だと思った。

なにしろ、りりさが自分の重りから解放されたように楽しそうだ。プールサイドに腰かけて、足をバタつかせて水しぶきをあげていた。

「あははっ、トウジも入るっ？　楽しいよ〜！」

「水着もってねえよ」

「今度から持ってきなって〜っ！」

「お前の撮影なんだからな……？」

りりさはどこまでも屈託なく笑っている。

サイズの合った水着を着る——たったそれだけのことが、りりさにとってはどれほど特別なのか、改めて思い知らされる。

本当に着たいのは競泳水着だろうが、それこそ今後の利根さんたちの努力に期待するべきだろう。

「りりささん、お楽しみのところ恐縮ですが、時間も限られておりますので、撮影をお願いいたします」

気を取り直した利根さんがりりさに声をかける。

りりさはぱっと顔を切り替えて。

「あっ、は〜い、お願いしま〜すっ！　どんなポーズが良いですか？　こう？」

りりさが、背をそらしながら、両腕を頭の後ろにもっていく。

いわゆるセクシーポーズってやつだ。グラビアじゃないっての。

「すみません、りりささん、それだと雑誌の方向性が——」

利根さんが言いかけた瞬間。

びりっ、という音が響いた。

「……びり？」

りりさがすっと手を下げて、あわてて胸を押さえる。

なにが起きたのか、俺にも察しがついた。

おそるおそる、りりさが利根さんのほうを見て。

「あ、あの、利根さん、ごめんなさい……」

「はい」

「あの……後ろのストラップのところ……破れちゃったかも……」

利根さんはメガネを持ち上げて。

「はい。こういう事態も想定して、応急処置の準備はしています。更衣室へ」

「うわぁ～んっ！　ごめんなさぁ～いっ！」

「それと、セクシーポーズはもう絶対禁止です。胸は張らないでくださいね」

利根さんにつれられて、りりさは更衣室へ戻っていく。

（……オーダーメイドじゃなかったんかよ）

りりさが変なポーズをとったせいとはいえ、こんなにあっさり破壊されるとは、水着が可哀想である。

ファッションモデル、りりさの衣装作りの大変さが偲ばれる。

（本当に大丈夫か……？）

心配はありつつも。

それでも、水着姿ではしゃぐりりさは、何物にも代えがたいと思う。

まだまだ、りりさから目を離せないようだし、幼馴染として近くにいてやらなくてはダメなようだった。

朝から夕方までかかった撮影が、やっと終わった。

「はあぁ〜〜〜、つかれたぁ〜〜〜」

適当に入ったファミレスで、りりさがだらけている。

だからテーブルに胸を乗せるな。撮影が終わってしまったので、りりさは補整のきかないブラウスを着ていた。

「お疲れさん。最後の水着撮影はキツそうだったな。水着破れたし」

「うう、反省してます……でも、私だってがんばったよ！　ポーズの維持も、表情作るのも、結構タイヘンなんだかんね！」

「知ってるよ。やっぱりまだまだ、プロのモデルとは言えないよな」

「そりゃそう。私、今のトコ、ガチのド素人だし」

はあ、とりりさはため息をつくが。

初めての割にはちゃんとできていた——ように見える。

利根さんも喜んでいたし。本当の素人仕事ではそうはいかないだろう。

「ママがね、撮影のコツとか教えてくれるって。タイヘンだと思うけど、私もっと頑張るかんね！」

ファッションモデルとグラビアアイドル、方向性はちょっと違うだろうが、それでも璃々栖さんに頼るのは道理だろう。

りりさもこれからモデルとして成長していくのかもしれない。

「私の水着姿はどうだった？」

ニヤけながら聞いてくるりりさ。

「ああ〜……まあ、いいんじゃないか。サイズもちゃんとあってたし、胸もそんなに目立たなかったし……まあ、破れるとは思わなかったが」

「うわ、興味なさそうな顔！　私のおっぱいばっか見てたくせに！」

「べ、別に見てな——」

「見てないの？」

慌てて否定しようとしたら、りりさが批判的な半眼になる。

「見てな……くはないけどよ」

俺が嘘をつくと、りりさがこの顔になるのだ。

嘘やごまかしは許さないという、りりさの無言の圧を感じてしまう。

「くふふ♪　正直でよろしい♪」

りりさはにまあ、とからかうような笑み。本当にコイツは——。

「俺のことはどうでもいいだろ。それより、撮影スタッフにも男とかいたけど、大丈夫だったのかよ」

「ん〜？　別に、みんなお仕事でやってるんでしょ？　いちいちトウジみたいに、鼻の下伸ばしたりしないって」

「ぶっ、の、伸ばしてねえよ！」

「説得力ないなぁ……」

りりさが苦笑しながら、冷たいオレンジジュースを飲み干す。

「じっと見てる男がいたの、覚えてるからな」

「アンタ本当に嫉妬深いよね。私が気にならなかったんだから大丈夫だって」

りりさは能天気だ。モデルを始める前に、どうするべきか悩んでいたことをもう忘れてしまったのだろうか。

それとも、もう覚悟を決めたから、うだうだ言わないということか。

いつまでも悩まないのは、りりさの良いところだろう。

「それにさ、なにかあっても、ボディガードが守ってくれるでしょ？」

頬杖をつきながら、りりさがそんなことを言う。

そう言われてしまうと、俺もあまり強くは出れない。

「そっ……それは、守るけどよ……！」

結局のところ、俺はこの幼馴染に弱いのかもしれない。

嘘もごまかしも通用しない。いつも本音で語るしかない相手に、強く出れる道理はないのだった。

「あははっ、頼もし～！　じゃあもう、ママみたいに青年誌のグラビアもやっちゃおっかな？　この胸だし人気出るよね～！」

「お前な……！」

本気ではないのはわかっている。他人からの視線で困っていたりりさが、グラビアアイドルなんてやるはずもない。

俺をからかって楽しんでいるだけだ。

「ファッションモデルでもグラビアアイドルでもいいけどよ、いいか、あんまり自分を安売りするなよ」

「トウジが嫉妬するから？」

「……そうだよっ！」

「うんうん。トウジは素直なほうがかわいいよ♪」

　りりさはご機嫌だ。

　胸のせいでずっと浮かない顔だったりりさが、こんなに前向きになれたのは――やっぱりモデルを通して、自分の身体(からだ)を、前向きに捉えられたということか。

「そんなトウジにだけ、大事な秘密、教えてあげるね」

　りりさが、テーブル越しに手招きをする。

　俺が顔を寄せると、耳元で話しかけてきた。

「実はね――最近、またちょっとずつおっきくなってるんだよね、胸♪」

「まだデカくなんの!?」

「バカ声おっきいっ！」

　思わず声を上げると、りりさに耳を引っ張られる。

「成長期ってことでしょ～？　はあ、もしかしたら作ってもらった服も、作り直しになるかもね。まあ、その辺は対応してくれるらしいけど――」

「おい、まさか、水着破れたのそれが原因じゃ……」

「う、そ、そうかも。早めに利根(とね)さんに相談しとく」

「た、大変だな……」

今でも十分、困っているのに、これ以上となればどうなるのか。

いや、でもまあ。

どうなっても、りりさはりりさだ。それは俺が一番、よくわかっている。

「ふふ、トウジはおっきくなって嬉しい？」

「――ボディガードとして、やることが増えそうだな。がんばるさ」

「あ、全部本音だ。ちくしょー」

りりさはなぜか悔しがっている。

胸が大きくなって嬉しい、と言わせたかったらしい。なにを考えてんだコイツは。

（でも、ガキのころも、こんなんだったかな）

りりさに水泳で負けて、煽られて、からかわれて、俺が怒る。その反応を見て、りりさが楽しそうに笑う。

子どものときみたいに、本音でぶつかりあえるなら、まあ、ちょっとからかわれるくらい、構わないかな。

胸が大きいせいで、俯いているりりさなんて、もう見たくないから。

などと思っていると――。

「………♪」

りりさがブラウスのボタンをはずして、胸元を見せてきやがった。

底知れない深い谷間に、思わず目線が行く。

りりさがわずかに顔を赤くしながらも、にやにや、ちらちらとこちらを見る。

「……えっち」

(こ、この女……っ!)

前言撤回。こいつは、デッッッかすぎる武器を手にしたせいで、子どものころにはできなかったからかい方を学んでしまった。

このままだと絶対に増長するので、適度にお説教をしなければならないだろう。

「下着見えてるぞ」

「……っ⁉」

慌てて胸元を隠すりりさ。

ちなみに嘘ではない。わずかにブラの色が見えてしまっていた。まあ、今回に関してはりりさの自業自得だが。

「あんまり調子乗ってると反撃するからな」

「と、トウジのくせにぃ……」

「俺も成長してんだよ」

体ばかりデカくなった俺と、胸ばかりデカくなったりりさ。

お互い、肉体の成長に対して、心がまだまだ追いつかない。

けれどそれが思春期ってもんだと思う。

だから、昔のように笑いあえる関係が必要なのだと思えた。

昔と変わらない幼馴染で——今はボディガードだからな。

「隠しきれないほどデカいんだから、ちゃんと守っておけよ」

「もー、デカいデカいうるさいなあ」

「本当のことだろ」

「まあね！」

遠慮なく言い合えるのが、幼馴染のいいところ。

りりさは、昔から変わらない、イタズラ好きな子どもの表情で笑うのであった。

あとがき

電撃文庫をお読みの皆様、大変ご無沙汰しております。

モンスター娘大好き、という性癖で売っております、折口良乃（おりぐちよしの）です。

人外が好きと公言しておりますが、別に私、人間ヒロインが嫌いというわけではありませんので――今回は久しぶりに、人間のヒロインでお送りさせていただきます。

まあ、人外クラスのおっぱいヒロインではありますが。

幼馴染（おさななじみ）というのは、とかくラブコメでは重要なファクターです。

子どものころ一緒に遊んでいた幼馴染（おさななじみ）が成長して関係性が変わったり、メインヒロインに幼馴染（おさななじみ）をとられる負けヒロインだったり、男だと思って仲良くしていたら女だったり、あるいは人間ではないことが判明したり（これは私の性癖）、色々な関係性が描かれています。

そこで私は思いつきました。

久しぶりに再会した幼馴染（おさななじみ）が、フィクションでもヤバいくらいおっぱいが大きくなっていたら、それだけでちょっと面白いのでは――と？

おっぱいの成長というセンシティブな部分に焦点を当てることで、そこに思春期特有の悩みや葛藤が生まれて、こうして『おさデか』のストーリーが生まれました。

あらすじのインパクトに反して、りりさとトウジがしっかり青春していて、ちょっとほほえましいですね。


編集部にも好評なアイデアで、新作と同時にASMRまで作っていただけました。本当にありがたい限りです。

ASMRの脚本も私が担当しておりますので、よければ聴いてみてくださいね。

ちなみに題材がややセンシティブなのでとびくびくしていましたが、一発OKでした。本当にありがとうございます。

つまりたいへん健康的なASMRとなっている（はず）！


それでは謝辞を。

担当編集の本山（もとやま）らのさん。Vチューバーとしてラノベを紹介する活動をしていた本山らのさんが、まさか電撃編集部に所属して、私の担当になってしまうとは！　Vチューバーデビューから見守っていましたが、本当に縁というのは面白いものです。おさデかの宣伝などなにからなにまで、本当にありがとうございます。

イラストレーターのろうかさん。大きなおっぱいを描くことのできるイラストレーターさんは限られると思いますが、ろうかさんが素晴らしいりりさのイラストを描いてくださいました。本当に感謝です！

そして、ＡＳＭＲで美濃(みの)りりさを演じてくださった、声優の丸岡和佳奈(まるおかわかな)さん。底抜けに元気で、幼馴染(おさななじみ)だからとちょっと小生意気で、それでいて胸のことには真剣に悩んでいるりりさを、見事に演じていただきました。

丸岡さんの名演技は、ぜひＡＳＭＲで楽しんでみてくださいね。

そのほか、ボドゲ会とかで遊んでくれる友人たち。飲み友達。仕事でお世話になっている同業者の皆様。なにかと迷惑をかけている家族。電撃編集部の皆さん。ＡＳＭＲでお世話になった電撃Ｇ'ｓ編集部様、スタジオのスタッフの皆様、声優事務所ＷＩＴＨ ＬＩＮＥ様。

そしてなによりも、読んでくださったあなたに、最大限の感謝を。

2巻があるとして、展開はまだ迷っています。

新たなデッッッッかい幼馴染(おさななじみ)を出すべきなのか、どうか。っていうか幼馴染(おさななじみ)ってそんなホイホイ増やせませんからね。

りりさ(CV:丸岡和佳奈)からの電話!?
限定ASMRボイス
※URL、二次元コードの第三者への公開は固く禁じます。
※一部の携帯電話機種によっては読み取れない場合があります。
※パケット通信料を含む通信費用はお客様のご負担になります。
※サービスの事情により、事前の予告なく配信を終了する場合があります。

◉折口良乃著作リスト

「九罰の悪魔召喚術I～IV」（電撃文庫）
「死想図書館のリヴル・ブランシェI～V」（同）
「デュアル・イレイザーI～III」（同）
「シスターサキュバスは懺悔しないI～III」（同）
「モンスター娘ハンター1～2 ～すべてのモン娘はぼくの嫁！～」（同）
「俺の幼馴染がデッッッッかくなりすぎた」（同）

本書に対するご意見、ご感想をお寄せください。

ファンレターあて先
〒102-8177　東京都千代田区富士見2-13-3
電撃文庫編集部
「折口良乃先生」係
「ろうか先生」係

本書は書き下ろしです。

電撃文庫

俺(おれ)の幼馴染(おさななじみ)がデッッッッッかくなりすぎた

折口良乃(おりぐちよしの)

2024年11月10日　初版発行

発行者　山下直久
発行　株式会社KADOKAWA
〒102-8177　東京都千代田区富士見2-13-3
0570-002-301（ナビダイヤル）
装丁者　荻窪裕司（META＋MANIERA）
印刷　株式会社暁印刷
製本　株式会社暁印刷

●お問い合わせ
https://www.kadokawa.co.jp/（「お問い合わせ」へお進みください）
※内容によっては、お答えできない場合があります。
※サポートは日本国内のみとさせていただきます。
※ Japanese text only

※定価はカバーに表示してあります。

ISBN978-4-04-915783-3　C0193　Printed in Japan

電撃文庫　https://dengekibunko.jp/